怪談七変幻

黒 史郎
蛙坂須美
雨宮淳司
神沼三平太
クダマツヒロシ
丸山政也
鷲羽大介

竹書房
怪談
文庫

怪談七変幻

目次

クダマツヒロシ

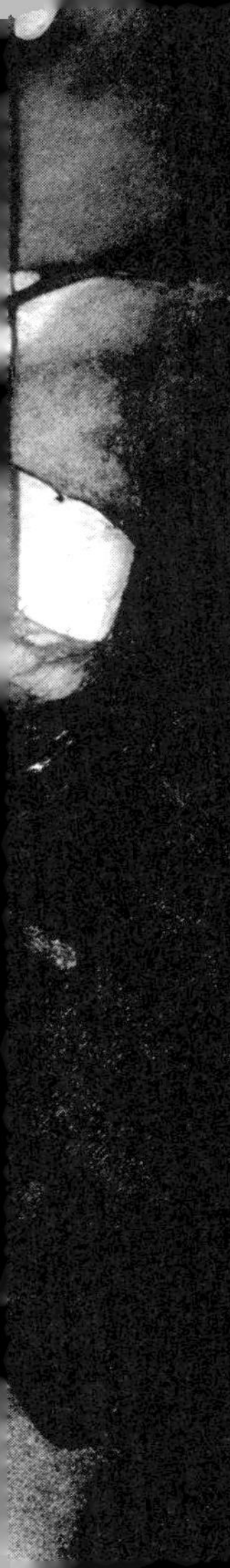

黒史郎

蛙坂須美

丸山政也

雨宮淳司

鷲羽大介

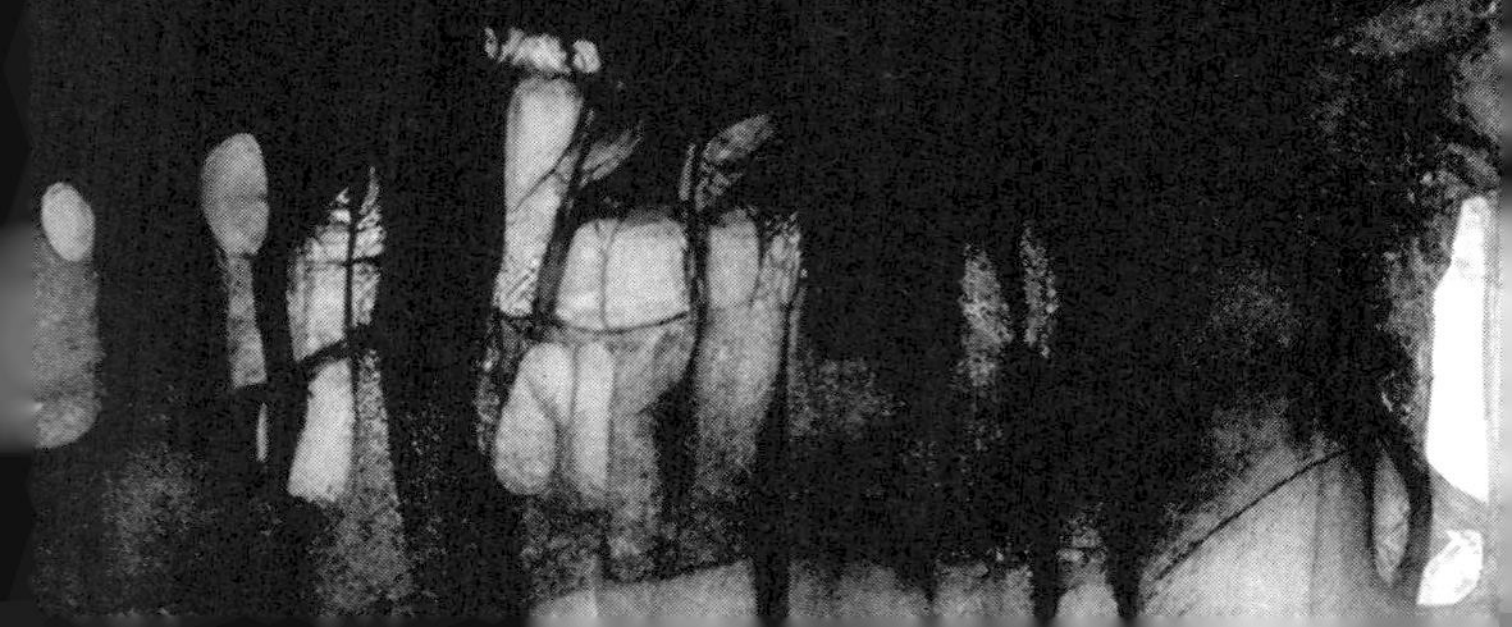

神沼三平太

※本書は体験者および関係者に実際に取材した内容をもとに書き綴られた怪談集です。体験者の記憶と主観のもとに再現されたものであり、掲載するすべてを事実と認定するものではございません。あらかじめご了承ください。
※本書に登場する人物名は、様々な事情を考慮してすべて仮名にしてあります。また、作中に登場する体験者の記憶と体験当時の世相を鑑み、極力当時の様相を再現するよう心がけています。今日の見地においては若干耳慣れない言葉・表記が記載される場合がございますが、これらは差別・侮蔑を助長する意図に基づくものではございません。

クダマツヒロシ

兵庫県神戸市出身。
兄の影響でオカルトや怪談に興味を持ち、
幼少期から現在に至るまで怪談蒐集をライフワークとしている。
2021年から怪談を語る活動を開始。
単著に『令和怪談集 恐の胎動』、
共著に『投稿 瞬殺怪談』など。

仏に非ず

大手ゼネコン企業に勤めている辻村さんが、入社して間もない頃の話だ。

「当時は大型ビルの解体事業のプロジェクトチームに配属されていて。工事期間中は現場近くにプレハブ小屋を建てて、そこで勤務するんです。ある日、工事に入っているフロアのスタッフから、変なものが出てきたって連絡があって。とりあえず事務所まで持ってこいって、運ばせたんです」

事務所に運び込まれたものは、子供の背丈ほどもある古い仏像だった。コンクリートの壁が剝《む》き出しになった、がらんどうのテナントの一角に放置されていたのだという。

男性スタッフ三人がかりでやっと持ち上げられるほどの重量がある。どうしてこんなものが置いてあるのか見当もつかない。ところどころ剥《は》げて赤錆びている像の顔は、仏や人を象《かたど》ったものというより、猿や、それらに似た動物のようにも見えた。それが袈裟《けさ》のような衣装を纏い、錫杖《しゃくじょう》を手にしている。

とりあえず一階の倉庫部屋に運び込んではみたものの、廃材として簡単に処分できそうにない。

「それですぐに職長に相談したんですよ。そうしたら『工事の一番最後に運び出せばいいから、とりあえず一階の倉庫に突っ込んどけ』って言われて」

指示に従って倉庫の奥に移動させる際、気持ち悪いという理由から、像の正面を壁側に向けた状態で置いた。

「その次の日からです。変なことが起きるようになって」

昼間、プレハブの二階にあるデスクで事務作業をしていると、外がにわかに騒がしい。窓を開けて覗いてみると、プレハブ小屋と隣接する建物の間にある細い路地に、数人の外国人がいるのが見えた。

「繁華街からすぐの場所でしたから。最近は海外からの観光客も多くなったもんで、間違えて迷い込んできたんだろうと思って」

大通りから路地への入口は、パイロンと呼ばれる赤い三角コーンとトラ柄のバーで塞いでいるはずだった。とすると、彼らはわざわざそれを乗り越えて路地へ入り込んでいるということだ。

——おい！　立ち入り禁止だぞ！

彼らの頭目がけて声をかける。言葉が通じたのかどうかは不明だが、こちらに気づいた彼らは、すぐに路地をぞろぞろと出ていった。

「それが最初です」

それから頻繁にプレハブ裏の細い路地に人が迷い込むようになった。それも決まって、なぜか外国人ばかり。

「あまりに続くもんだから、外国人にも分かるように大通りからの入口に『KEEP　OUT』って書いた黄色いテープも貼って」

しかし効果は薄く、依然として路地に入り込む外国人が途切れることがなかった。

「それが、だんだんと妙なことになってきて……」

路地に入り込む外国人の中に、妙な振る舞いを見せる者が現れた。

「拝むんですよ。建屋の壁に向かって」

膝をつき両手を突き出して、ブツブツと頭を地面に擦《こす》り付けている。

――勝手に入ってくんじゃねえ！

そのたびに窓から怒鳴《どな》りつけるのだが、毎日入れ替わるように入り込んでくる外国人に、辻村さんもさすがに気味悪く感じるようになった。

「これは絶対おかしいぞっていう話になって。『あの変な像が原因じゃないか？』って」

考えてみれば、路地はまだ先に伸びているにもかかわらず、入り込んでくる者は全員がこの建屋の前で足を止める。拝んでいる方向も、プレハブの壁を挟んだ倉庫のあの仏像に向けているように思えた。

「職長に『すぐに処分しましょうよ』って相談したんです。それで翌週には業者を呼んで引き上げてもらうって話になりました」

週が明けての月曜。出勤してみると、いつもは朝一番に出勤している職長が見当たらない。何か事情があるのだろうとそのまま事務所で作業をしていたのだが、始業時間が過ぎても連絡がないので、職長の携帯に連絡を入れた。

呼び出し音を聞きながら、なんとなく二階の窓を開けて階下を覗くと、路地に土下座のような姿勢でうずくまる男の背中が見えた。

「職長だったんです」

窓から声を掛けるが反応がない。事務所を出て路地に行き、うずくまった職長の肩を揺する。

「夜中には、もうその状態で亡くなってたみたいです」

零度近い極寒の中、長時間座っていたことによる低体温状態が直接の死因だった。

その後、現場の管理者が突然不在となってしまったことで、当面の間解体工事は中断されることとなった。

「まさか、そんなことになるなんて誰も思ってないですから。クライアントへの説明だったり、社内の処理だったり色々大変だったんですけど、やっぱりあの変な像のせいなんじゃないかって……。それで、捨てるのも怖いから、以前別の仕事でやり取りのあった京都の寺に引き取ってもらおうってことになりまして」

さっそくアルバイトスタッフを手配し、倉庫の仏像を運び出しトラックの荷台へ載せる。そこから二時間ほどトラックを走らせて寺を目指した。

「僕らは別の車でついて行って。トラックには別の社員が同乗して行ったんですけどね、道中も荷台から聞こえる異音が酷かったらしくて。荷台から運転席側をドカドカ蹴り上げるみたいな音が続くもんで、生きた心地がしなかったって言ってましたよ」

訪れた寺の住職は、トラックの荷台に積まれた像を見るなり酷く顔をしかめた。

「こないなもん、よう持ってきましたなぁ。これは仏さんでもなんでも無い、いわゆる紛《まが》いもんですわ。おそらく海外で作ったものを、どうにかしてこっちに持ち込んだんとちゃうかな」

そういって像を本堂まで運ばせたあと、まじまじと見つめて、こう付け加えた。

「ほら、顔が人と違うでしょ？『仏像言うても、仏に非《あら》ず』や。まぁそれにしても」

辻村さん一行をぐるりと見渡して住職が告げる。

——あんたらは、死なんで良かったね。

野次馬

数年前まで女性の消防士として活躍していた佐野さんは、とある理由で消防士を辞めた。

「そのとき私は警察の方と連携して、現場の周辺整備にあたっていたんです」

二階建ての木造建築のアパート、その一階部分からの出火だった。立ち入り禁止のテープを貼り、激しい炎に巻き込まれないよう通行人や集まった野次馬の整備にあたっていた。

その野次馬を押しのけてテープをくぐろうとする人物がいる。

「うわああ！　俺の家！　俺の家が！　わあああ！」

「危ないので下がってください！　下がって！」

こちらの声も届いていないのか、酷いパニック状態の男性は制止を振り払うようにしてアパートへ駆け寄ろうとする。

「とにかく近寄らせないように、他の職員と一緒に押さえつけるようにして止めたんです」

数分後、消火活動は無事に終えたが、出火元となった一階の角部屋からは老夫婦が遺体となって運び出された。そして、真上にあたる二〇一号室からも、男性が心拍停止状態で搬送された。緊急搬送の際、救急車へ運び込まれる男性の顔を見て心底驚いたという。

「さっきまで野次馬の中で暴れていた男の人でした」

間近で対応をしていたのだから見間違えようもない。しかし担架の上に横たわった男性の顔は間違いなく同一人物だった。

「その男性が亡くなったと聞かされたとき、妙に納得してしまったんです」

数カ月した頃だ。

別の火災現場に救援で向かった際、野次馬の中に確かにあの日亡くなった男性の顔を見た。

「無表情で、ぼんやりと空に昇っていく黒い煙を眺めていました」

そのころから、佐野さんは何度も火災現場で件《くだん》の男性を見ることになる。

周囲の人間とまるで変わらないのに、彼が生きていないことだけははっきりと分かった。

いつも野次馬に紛れて、無表情で黒煙を眺めては、いつのまにかいなくなっていた。

「それだけです。怖い――とかは特にありませんでした」

それから数年した頃。

「目が、合った気がしたんです」

その日、佐野さんらは近所の小学校のグラウンドで、地域住民に向けて消火活動の演習を行っていた。佐野さんが消火器を操作し、集まったギャラリーに扱いを説明しているときだった。

ギャラリーの中に見覚えのある男の顔がある。しかし違っていたのは、いつも決まってぼんやりと空を見ているその目が、真っすぐと佐野さんに向いているということだった。

そのとき、初めて「怖い」と思った。

「それからしばらくは現場に出ることもなくて」

ある日の昼食時、同僚に声をかけられた。

「昨日、〇〇のショッピングモールにいたでしょ。一緒にいたのって彼氏？」

「彼氏？」

身に覚えがない。確かに同僚の言う通り、前日はショッピングモールに出かけていたが、ずっと一人だ。彼氏などはいない。

「いや一人だったけど……」

同僚が食い下がる。

「昨日もそのバッグだったでしょ。キーホルダーも」

確かにバッグも同じだ。取っ手に付いたキーホルダーも変わっていない。

「いやでも、私彼氏いないし」

「いいって。めっちゃ楽しそうに腕組んでたじゃん。彼氏の前だとあんなはしゃぐんだね。

それで声掛けて邪魔するのも悪いかなって。」

「……いや本当に一人だったから」

「じゃああの人誰よ。細くて背が高くて。短髪に紺のジャケットでさ」

——あ、これ駄目なやつだ。

瞬時に脳がそう判断した。嫌だ、嫌、嫌。しかし言葉は佐野さんの意思に反するように、口から零《こぼ》れ出る。

「黒縁の眼鏡……」

口に出たと同時に、激しい後悔が押し寄せる。

「そう!」

まさにあの野次馬の中で見た男性の容姿だった。気づけば無意識で両耳を塞いでいた。

あぁやっぱりか、と半ば妙な納得があった。

「あのままだと、絶対にもっと怖いことが起きると思って。だから私、消防士を辞めたんです」

オセロ

神戸市内に住む垣内さんは、勤務先が大阪市内の百貨店であったため、毎日神戸－大阪間を繋ぐ路線を利用している。

ある年の二月。いつものように仕事を終えた垣内さんは、最終近くの地下鉄の車両に乗り込んだ。車内を見渡すと、終電間際にもかかわらず、多くの人が垣内さんと同じ方面へ乗り合わせている。

まばらに空いた席に座り、ふと周りを見渡して気づいた。

乗客のほぼ全員が暗い色の服を着こんでいる。黒いコートに、ネイビーのダウン。黒のセーターに、濃紺のジャケット――。

「みんな冬は暗い色の服ばっかり着るでしょ。『もっと華やかな色の服を着たらいいのに』って」

婦人服売り場で働く垣内さんには、暗い色ばかりの味気ない乗客のファッションに一人勝手にため息をついていた。

別に人の勝手だろうが、こうも暗い色ばかりだとこちらの気が滅入《めい》る。せめてもう少し明るい色を取り入れて、私みたいにファッションを楽しむべきだ。そうすればきっと気分も少しは明るくなる。ガラスに反射した白いコートを眺めながらそんなことを考えていると、仕事の疲れと電車の心地よい揺れが合わさって、すとんと眠りに落ちた。

しばらくして目を覚まし、外を見ると最寄りの駅の看板が見えた。しまった、と慌てて立ち上がり、閉じかけたドアをすり抜けてホームに飛び出る。そこでほっと一息ついた瞬間だった。

目の前にはホームの壁に備え付けられた鏡があり、驚いた顔の自分と、動き出した電車が映っている。

「違うのよ。服が」

鏡の中の自分は、真っ黒のダウンジャケットに身を包んでいた。

咄嗟《とっさ》に体を触って確かめるが、確かに自分は今、黒いダウンジャケットを着ている。しかし、電車に乗り込むまでは間違いなく白いコートを着ていたはずだ。今朝だってコートを着込んで出勤した記憶もちゃんとある。それがどうして、黒いダウンジャケットに変わっているのか。確かにこのダウンジャケットも自分のものだ。しかし今は自室のクローゼットでハンガーに掛かっているはずだった。

「それで、訳が分からないまま、改札を出て……」

混乱したまま帰宅路を辿る垣内さんの心配は、自身の頭の問題と、白いコートのゆくえだった。

歩きながら、今日の自分の行動を反芻《はんすう》する。会社で白いコートに袖を通し、駅までの道を歩き、最終間近の電車に乗り込み、席に座る。黒のコートを着た男性と黒のセーターの女性が、両隣に座ったところまで思い出したとき、はっとした。

「もしかして、私ひっくり返されたのかなって」

オセロみたいに――。

自宅に帰った垣内さんがクローゼットを開けると、お気に入りの白いコートはきちんとハンガーに掛かっていたそうだ。

ジョン・ケージの幽霊

二十代の頃、バンドで音楽活動をしていた折に知り合った、影沼さんという女性がいる。影沼さんと筆者は、お互い別のバンドを組んでいたが、いくつかのイベントで一緒になった際、年齢も近いこともあってすぐに打ち解けた。そこから十年以上の付き合いになる。現在はピアノ講師として音楽系の専門学校に勤めている影沼さんから、先日「面白い体験を思い出したから聞いてほしい」と連絡を受けた。

影沼さんの通っていた大学は多数のプロの演奏家を輩出している国内有数の名門校だ。中でも影沼さんが専攻していたピアノ科は、世界レベルの人材を育成する、いわばプロピアニストの登竜門のような場所だった。当然、講義内容もレベルが高く、とりわけ「実技科目」についてはプロの世界で通用するような高い水準での技術が求められていた。三年生にもなると、ソロ演奏以外にも、ピアノ専攻生同士ペアで演奏する『連弾』や『ピアノ重奏』、他の専攻生とアンサンブルを行う『室内楽』など、難易度の高い演奏カリキュラムが組まれるそうで、それらをクリアするための厳しいレッスンが課せられる。

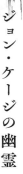

影沼さんも例に漏れず、厳しい課題に追われ、連日遅い時間まで友人と学校に残っては、練習に励んでいたそうだ。

実技試験が目前に迫ったある日のこと。通常の講義を終えたあと、いつものように友人と共に校内の小ホールを借り、ピアノに向かって課題曲の練習に励んでいた。

少し休憩しようかと椅子を立ち、ステージを離れて正面にある三十席ほどの客席に腰を下ろす。そこで友人と互いの演奏について改善点を指摘しあっていたのだが、突然友人がステージに顔を向けて、あっ、と小さく声を上げた。

つられてステージに目をやると、ピアノの前のイスに腰掛けた女性の姿があった。長い栗色の髪に、白いドレス姿の綺麗な見知らぬ女性。

この時間、ホールは自分たちが貸切りで使用している。間違えて入ってきてしまったのだろうか？　とも考えたが、扉が開く音は聞こえていない。女性がステージに上がりイスに腰掛けるまで、譜面に集中していたとはいえ、二人ともが全く気が付かなかった。

突如ステージに現れた女性を、あっけにとられながらしばらく見つめていたのだが、女性はピアノを前にイスに腰かけたまま、ただ背筋を伸ばし、前方を見つめるだけで微動だにしない。

「ねぇ……あれ、誰」

「知らない」

周囲には時折ホール外から、行き交う足音や、誰かの笑い声だけが微かに漏れ聞こえていた。

「たぶん四、五分ってとこだと思う……」

微動だにしなかった女性が、おもむろにゆっくりと椅子から立ち上がる。そのまま二人がいる客席へ体を向けたかと思うと、深々と一礼をしたという。

そして女性は顔を上げたと同時に、まるで〈最初からそこに存在しなかった〉かのように、見つめる二人の前から忽然《こつぜん》と消えた。ステージにはピアノと椅子だけが残っている。

「えええ……」

上ずった声を上げて友人を見ると、同じような顔でこちらを見つめている。二人はステージの上で起こったことが理解できないまま、急いで席を立ち、廊下に飛び出した。そこで初めて気付いたそうだ。

時刻は二十時を回っている。校内には人の気配はなく、窓から見える外は真っ暗闇で静まり返っていた。加えて二人のいたホールは防音仕様になっていて、一切の外音は遮断されるのだ。

話し終えると、影沼さんはこう付け加えた。

「『4分33秒』って知ってる？」

この体験談を聞いて、筆者が真っ先に思い浮かべたイメージと、影沼さんの持つイメージは全く同じだった。

ジョン・ケージの『4分33秒』。

現代音楽家のジョン・ケージが作曲した作品のタイトルである。この曲は譜面の始めから終わりまでの4分33秒、演奏者は全ての楽器の演奏を行わない。しかし全くの無音状態ではなく、4分33秒の間に発生する環境音（観客の衣擦れや、咳払い、外を走る車の音）などを曲の一部として扱う（楽譜では4分33秒という演奏時間が決められているが、演奏者が出す音響の指示がない。そのため演奏はなく、聴衆はその場に起きる音を聴くことになる）。

もちろん件の女性が消えるまでの正確な時間を、影沼さんが計測していた訳ではない。しかし、もし消えた彼女がそこに存在し得ない環境音を含んだ、彼女なりの演奏を二人に聞かせたのであれば——。

「幽霊の世界にも音楽はあるのよ」

影沼さんは楽しそうに笑った。

「未だに忘れられないんです。僕」

西岡くんは十代の頃、友人と関西の心霊スポット巡りを毎週末のように友人の運転する車でしていたそうだ。神社、病院、廃墟――。特に幽霊の存在も信じていなかった彼らだったが、暇にかまけては現地まで嬉々として車を飛ばした。

その日はネットで事前に目星を付けておいた、今は使われていない小さな神社が目的地だった。

「正直、詳しい場所についてはほとんど覚えてないです。……というか、あれの衝撃が強すぎて、全部トンじゃってるんですよ。記憶が」

西岡君によると、どこかの山道を進んだ先にその神社はあった。ナビを頼りにして、車で深夜の山道を進んでいると、脇に神社のものらしき古びた灯篭《とうろう》を見つける。

『車停まってんじゃん』

見ると神社へ続く長い石段の脇の小さなスペースに、軽自動車が一台停まっている。

「夜中だったんで、変だとは思ったんですけど。すぐ隣に車を停めました」

携帯のライト片手に石段を上り、境内へと足を踏み入れる。しばらく散策してみたが、特に何かあるわけでもない。そのとき神社の裏手から人影が二つこちらへ向かってくるのが見えた。若い男女だった。こちらの存在に気づいていたようだが、二人はいそいそと境内を抜けて石段を下って見えなくなった。

「別に騒いでたわけでもないんですけど。こっちは四人いたんで、絡まれると思ったんじゃないですかね」

二人の背中を無言で見送る。二人が出て来た神社の裏手を覗くと、細い獣道が続いているのを見つけた。ちょっと行ってみようや、と獣道に足を踏み入れる。そこから少し進んだところで小さく開けたスペースに出た。

『……うわ、これ見いや』

友人の声に携帯のライトを向けると、そこには大きな木があり、声を上げた友人はちょうど背の高さ辺りの場所を見ていた。

「藁人形っすよ。テレビとかで見るやつ。それが木に打ち付けられてるんです」

人形の真ん中、ちょうど胸の辺りには、太い釘が打ち付けられている。

『なにこれホンモノ？』

『うわマジや。やっぱ……』

『これ、もしかしてさっきの二人がやったんやないの？』

しばらく藁人形を眺めてはいたが、そろそろ車に戻ろうという話となり、獣道を下り始めた。境内を抜け、石段を下り自分たちの車に乗り込む。隣に停まっていた軽自動車はすでに見当たらなかった。

『藁人形、絶対あいつらのしわざやろ』

『カップルで丑《うし》の刻参りとか、狂ってんなぁ』

帰りの道中は先ほど見つけた藁人形と二人組の話題で大いに盛り上がった。いくつかのつづら折りを抜け直線の道へ出たとき、ヘッドライトが妙なものを照らした。

『あれ？　さっきの』

先ほどみた二人組、その女の方がわき道をこちらに向かって走ってくる。こちらには目もくれず、一瞬ですれ違ったあと背後の闇へと消えた。

『なんやあれ』

『さあ……』

そのまま進むと、目の前に見覚えのある軽自動車が停車しているのが見えた。ブレーキランプは赤く点灯したままだ。

『あの車、あいつら』

『ここでなんしよんや』

車の真横を通り過ぎる瞬間、車体の正面を見て思わずぎょっとした。フロントガラスは豪快に割れ、ボンネットは蛇腹状にひしゃげている。

「運転席には誰もいなくて……。女は走って行ったし、男はそこに見当たりませんでした。でも――」

前方に目をやる。その瞬間、事故車のヘッドライトが照らす先が見えて、思わず声を上げた。三メートルほどの高さの暗闇に、うつむいた男が浮かんでいる。

「一瞬、幽霊かと思ったんです。でも違った」

男のすぐ後ろには電柱があり、その電柱から垂直に飛び出たボルトが、背中から胸を貫いていた。磔《はりつけ》状態になった男の胸が、真っ赤に染まっているのが見える。

「それが生きてるのか、死んでるのかすら分からなくて。でも車が何かにぶつかって、その衝撃でフロントガラスから人が飛び出したんだってことは分かりました。――いや、僕も変だって思います。どんな酷い事故でも、あんな状態で人が電柱に刺さるなんて、あり得ないですよ。そもそも、ぐちゃぐちゃなのもその車だけで、何にぶつかったのかも分からないし」

パニック状態の運転席の友人がスピードを上げて走り抜ける。しばらく車を走らせて麓《ふもと》のコンビニの駐車場に入り、転がるように店内へ飛び込んだ。そこでやっと落ち着きを取り戻せたという。

「未だに思い出せますよ。マジで藁人形みたいにブッ刺さってたんですから」

ほんの一瞬で脳に焼き付いた映像を、西岡君は十年経った今でも忘れられないでいる。

滝壺

立石さんが中学校の修学旅行で京都に行った時のことだ。数人のグループに分かれて、各自で京都市内の寺を自由に回るというのがその日の行程だったのだが、三か所ほど見学を終えたころには、早々に飽きてしまっていた。

「せっかくの修学旅行なのに、寺なんか眺めてても面白くもなんともないからね」

立石さんは仲の良かった友人と二人、グループを離れ、他の生徒が見学を終えるまで時間を潰すことにした。

「その寺の裏に大きな滝があって。ちょうど頃合いのベンチがあったんで、そこに座って他愛もない話をしてたんだよ」

しばらくベンチに腰掛けながら、柵の向こうの滝壺を眺めていると、激しく飛沫《しぶき》を上げる水の中に、赤い布切れのようなものがちらちらと見えることに気づいた。

「最初はハンカチかなんかがクルクル回ってんだと思ってたけど。そのうち『あれ、もしかして人じゃねえの?』って」

思わず立ち上がり、二人並んで柵から身を乗り出した。

「赤い布に混じって腕っぽいのが見えるんだよ。それで、誰かが落ちて溺れてるんだって思って。すぐに友達が『先生呼んでくる』って一人で走って行ってさ」

一人残された立石さんはただ気を揉みながら、友人が先生を連れて戻るのを待つしかなかった。

「だんだん顔まで見えるようになって。女の人だった。いよいよヤバいってなってたら、友達が先生連れて戻って来たの。それで『先生！　人が溺れてる！』って指さしたんだけど、もうそのときには沈んじゃったのか見えなくなってた」

しばらくして、到着した消防隊員と、騒ぎに足を止めた野次馬が集まる。

「中学生なりにね、必死で説明したりしたんだけど。『あとは大人でやるからお前らは先に帰れ』って、宿に帰らされたんだよね」

騒ぎはクラスメイトにもすぐに知れ渡り、宿に戻ってからはその話題で持ちきりだった。

その日の夕食後、先生から詳しい事情を聞きたいから部屋まで来いと呼び出された。教員が使っている大部屋に入ると、開口一番こう尋ねられた。

――お前ら嘘ついてないよな？

「そんでまぁムカついちゃって。『本当に見ましたよ！　なんで疑ってんすか！』って食ってかかったら、先生らみんな妙な顔して黙っちゃってさ。『あの人どうなったんですか？』って聞いたら、『もう忘れていい』って。なんも教えてくれなかったんだよ」

結局、溺れていた女性がどうなったのかは分からないのだという。

「意味わかんないよな。でもさ……最近変なことがあったんだ」


その日の仕事を終えた帰宅途中の出来事だ。信号待ちをしているとふいに肩を叩かれた。

振り向くとそこに三十代ぐらいの見覚えのない女性が一人立っていた。
○○くん？
突然全く違う苗字で尋ねられる。反射的に手を振りながら否定する。

「いや違います」

女性は人違いであるということを理解できていないのか、無表情で黙ったままだ。

（なんだよ……）

はっきりと怪訝《けげん》な顔を向けて、「人違い――」と言いかけた瞬間。

あっそう。

それだけ言うと女性は、くるりと背を向けて反対方向へ歩いていってしまった。立石さんは呆気にとられながらその背中を見送るしかなかった。

「別にどこにでもいるような普通の女の人だよ。でもその『○○』ってのが、すげぇ珍しい苗字でね。修学旅行で一緒に滝壺覗いてたヤツの苗字なんだよ。それで『あいつ、元気かなあ』って思い出して」

横断歩道を渡りながら懐かしい顔を思い浮かべる。最後に会ったのは十年近く前の成人式だったはずだ。そこで電話番号を交換したきりだった。

「それで家帰って、携帯みたらLINEが届いてんの。その友達から。連絡先交換したきり、一回も連絡なんて来なかったのに」

トーク画面を開くと、URLが一つ貼り付けられているだけだった。URLをタッチすると、どこかのホームページのような画面に切り替わる。簡素な作りの個人ホームページ。黒い背景にはタイトルも何も見当たらない。下にスクロールすると、いくつもの写真だけが載せられていた。その全てが同じ場所で撮られたと一目で分かる写真。

「どこの写真なのか見た瞬間分かった」

修学旅行で訪れたあの寺だ。写っていたのは、激しく飛沫を上げる滝壺。どの写真もほとんど違いがないような写真ばかり。それが何十枚と載せてあるだけのホームページだった。

「それが本当気持ち悪くって。とりあえずすぐに『これ何?』って返信したんだよ。でも既読無視。電話しても無視。何がしたいのか全く意味が分かんない。――それに普通あり得ないでしょ。全部の写真に赤い布切れみたいのが写ってんだもん」

黒 史郎

小説家として活動する傍ら、実話怪談も多く手掛ける。
「実話蒐録集」「異界怪談」各シリーズ、
『黒怪談傑作選 闇の舌』『実話怪談 黒異譚』
『川崎怪談』『横浜怪談』など。
共著に「怪談五色」「怪談四十九夜」
「瞬殺怪談」各シリーズ、
『未成仏百物語』『黄泉つなぎ百物語』など。

愛しいタオル

スマホで見せてもらったのは薄いオレンジ色のタオルだった。

もともとは濃いピンク色だったそうだが、それも二十年以上前のこと。

「これを抱いてないと眠れないんです。小学生の頃からずっと」

今も抱きしめながら眠っているという。

そんなカオルさんは半年前、実家を離れて初めての一人暮らしを始めた。

自分はまったく平気だと思っていたが、一カ月ほど暮らしてからひどく孤独感を覚えるようになった。寂しさは日に日に募り、仕事を辞めて実家へ帰りたいと思うようになるまで至ってしまった。

実家暮らしの弟に電話で相談したら、「カレシでも作れば?」と軽く言われた。

ムカッときたが、誰に相談しても同じことをいわれる気がする。

でもカレシなどいらない。今はただ人恋しいだけなのだ。

「そこで、これです」

と、再びタオルの画像を私に見せる。

就寝時、抱き心地をよくするためにタオルを枕に巻きつけた。

厚みを得たタオルは隣に置いただけで「ヒト感」が増した。抱き心地も悪くない。

思いのほか、この「タオル枕」が良かったので続けてみることにした。

難点はすぐ枕から剥《は》がれてしまうこと。直《じか》に縫いつけるのは生地を傷めそうなので、タオルの両端を枕カバーに入れ込んでみるなど工夫をしたら朝までもつようになった。

しばらく、このタオル枕が寂しさをまぎらわせてくれたのだが――。

ある晩、ふと目覚めた。

横向きでタオル枕を抱いているカオルさんの体に、わずかな重みと感触。

誰かが、自分を抱いている？

片腕を背中まで回し、カオルさんを優しく抱き寄せている感じだ。

えっ、幽霊？　となったが、逃げようという気持ちがわかない。抵抗もしない。

それよりも相手の顔を見たいと思った。

だが、間接照明で視界は通っているのに、なにも視《み》えない。

そこに相手の顔はなく、身体もなく、自分を抱いている腕もない。

あるのは、カオルさんの抱いているタオルを巻いた枕だ。

たった今まで抱きしめられていたという不思議な感覚だけが残っていて、それも少しずつなくなっていく。

怖さはまったくなかったそうだ。

そんな話を聞いてからもう一度スマホの画像を見せてもらうと、タオルの薄いオレンジ色が、人の肌の色にしか見えなかった。

Y建機のよからぬ噂

Y建機という建設機械のレンタル会社は、裏でよくないことに手を染めている。

たとえば不法投棄とか、死体を山に埋めているとか。

――と、これは布川さんが耳にした風説のごく一部である。

社長が反社で今まで何人も殺している、なんてこともいわれていたらしい。

いずれも噂の域を出ないものばかりだが、火のない所に煙は立たない。

この話の場合、その「火」は幽霊トラブルである。


布川さんが住んでいるマンションは六階建て。道を挟んだ裏手にY建機はある。

まだできたばかりの会社だが、数年で急成長したようで扱う重機の台数や種類が見る見る増えていっていた。クレーン車やショベルカーなどの重機が整然と並ぶ光景は、「はたらく車」が好きな人にはたまらない。

「かくいう僕も好きなほうで。鉄々しい建設機械ってなんかゾイドっぽいでしょ。動いていなくても見ていて飽きないんですよね」

布川さんの部屋からよく見えるので、たまに眺めながら晩酌していたという。

奇妙な噂を耳にしたのは入居して何年か経ってからだった。

Y建機から部屋を覗いている人がいる――。

そんな苦情が、マンションの一部の住人から管理会社に入ったのだ。布川さんがそれを知ったのは、エントランスに貼り出された掲示物からだった。

夜間、Y建機のクレーンのアームに乗っている人影が目撃されているらしく、その人影が懐中電灯か何かのライトの光をマンションに向け、部屋の中を覗いているというのである。

もしこれが事実なら大問題だ。この件についてマンションの管理会社は、他の住人からも情報を集めようとしていた。

「はじめに苦情が入ったのは一件だけだったそうなんですが、その後、二件、三件と増えていったみたいで」

だんだん、状況がわかってきた。

建機にあるクレーンには、アームを寝かせてあるものと起こしているものがあり、起こしてある方のアームの先端に人が立っていたらしい。時間は二十三時過ぎ。目撃されたのは一日だけではない。

機械の点検中、たまたま作業員の持っていたライトがマンション側を向いたのではないか。それを神経質な住人が「部屋を覗かれている」と勘違いして怒っているのでは。大方そんなことだろうと布川さんは思っていたのだが――。

問題の大元であるY建機からは、夜間の点検作業などさせていないとの回答がきた。重機盗難が多発していることからセキュリティ面にも相当配慮しており、侵入者がそのような行為を働いた痕跡も見当たらないとのこと。

では、住人たちに目撃された人影はなんだったのかということになる。

その正体が〈幽霊だ〉という流れになるまで、そこまで時間はかからなかった。

やがて、「Y建機はまともな会社じゃない」「ヤクザばかり雇っている」「去年は社員が自殺した」「不法投棄で稼いでいる」「何人も殺して埋めている」といった噂も立ち始めた。

そんな噂を囁き合っているのは、おもに同マンションに住むおばあちゃん連中だった。その中心人物は、最初に苦情を申し立てた高齢女性である。

布川さんも本人から、こんなふうに聞いているという。

「人影を見たのは一度や二度じゃないそうです。クレーンの上にただ立っている時もあれば、クレーンの下にツーッて下がっていって、ピタッと止まったら、そこでふらふら揺れていたってこともあるとか。いつも決まったクレーンにいるんだって言ってましたね」

そして、その高齢女性はこういっていたそうだ。

「きっと、あのクレーンでたくさん人を吊るしてるのよ」

そんな話を聞いてから、布川さんは重機を眺めながらの晩酌を控えるようになったという。

ついてきちゃった

西田さんが高校生の頃の話である。

「おはようー」と教室に入ったら、友だちのＡがいつものように挨拶を返してくれなかった。

それどころか険しい表情で顔を見てくるので、なにか怒らせるようなことをしたかなと不安になり、「わたしなんかした？」と訊いた。

すると肩のあたりを指さされ、

「後ろに子どもの霊がいるよ」と言われた。

西田さんはポカンとしてしまう。急になにを言いだすんだろう。

「最近、お墓とか行かなかった？」

驚いた西田さんは思わず、そばにいた別の友だちに抱き着いてしまった。

「なんで知ってるの？」

昨日と一昨日《おととい》の土日、祖母の家に行っていた。その際、お墓参りをしていたのだ。急に決まったことなので、友だちの誰にも話していなかった。

「なになに、こわいんだけど。なんで？」

Aはまだ西田さんの肩のあたりを見ている。

「この子、遊んでもらいたくて、ついてきちゃったのかも」

お祓いしてあげる、と言って、Aは西田さんの両肩に手をおくと目をつむる。

十秒くらいそうしていると、「はいっ」と肩から両手を離した。

「もういなくなったよ」

Aはニコッと笑った。


「――ということがあったんですけど、今まですっかり忘れていました。怪談っぽい話ってなにかあったかなって考えていたら急に思いだしましたよ。あれはガチで怖かったなあ」

そのようなお話を聞かせていただいた数日後。西田さんから「思い出したことがあります」と追加のお話をいただいた。

先の話にあった「お墓参り」の当日、奇妙なものを見ていたのだという。

「親族のお墓の近くにあった、よその家のお墓がすごく変だったんです」

まったく手入れをされておらず、草ぼうぼうで花なども供えていなかった。

どういうわけか、墓石は子ども用のレインコートを着せられていたという。

ハトのことなら大丈夫

萌香さんは月に何度か、都内にある整体に通っている。

施術のレベルが高くて口コミでも高評価だが、場所がよくない。治安がレッドゾーンな地域の路地裏にある雑居ビルの中。いつも最終受付ギリギリの時間に飛び込むので、行きも帰りも薄暗く人通りのない道を歩くのは毎度のこととはいえ、とても緊張するという。

「わたしって謎の引きがあって、よく酔っ払いやヤカラ系に絡まれるんです。だから、防犯スプレーはマストアイテム。必ずバッグに入れてます」

その日、施術が終わってビルを出ると、突然「あのね」と声をかけられた。

ダブルのスーツを着た中年男性である。

無視して行こうとすると、「まって、まって」と追いかけてきて、前に回りこんで道を塞いでくる。

萌香さんはバッグの中でスプレーを掴みながら、「なんですか」と訊いた。

「よくここでハトがたくさん死んでいると思うんだけど」

そういって男性は整体院の入っているビルの入り口を指す。

「でも、大丈夫だから。大丈夫だからね」

それだけ言うと男性は道を譲るように横に退いた。

萌香さんは「はあ、どうも」と小さく会釈し、その横を通って足早に立ち去った。


翌月、このことを整体の先生に話したら苦笑いされた。

「また変な人に絡まれましたね。もう二十年くらいここでやってますけど、ハトが死んでるところなんて一度も見たことないですよ」

町中でハトがたくさん死んでいたら、今なら鳥インフルエンザだと大騒ぎになっているはずだという。

「じゃあ、なんなんですかね、あのハトおじさん」

「そりゃ酔っ払いでしょう」

そんな会話をしながら施術を受け、終わってビルを出ると「あのね」と声をかけられる。

ダブルのスーツを着た中年男性。

顔までは覚えていなかったが、間違いなくハトおじさんだった。

「大丈夫だから。いつもハトがたくさん死んでいると思うけど、大丈夫」

きっとこの人にだけ、たくさんのハトの死骸が視えているのだろう。

それから萌香さんは、その整体院へ行くたびハトおじさんに声をかけられた。来た時はいないのだが、施術を終えた二十三時頃にビルを出ると必ずいる。毎日、同じ時間にいて、ビルから出てくる人みんなに声をかけているのかと思ったが、整体院の人たちは一度も見たことがないというから気味が悪い。萌香さんの話を聞いてスタッフがわざわざ外へ見に行ったりもしたが、誰一人会えた人はいなかった。

「まあ、声をかけてくる以外の害はないし、別にいいかと思っていたんですが」

先週、施術を終えてビルを出ると、いつものようにハトおじさんが待っていた。

ススッと寄ってきて、

「もう警察に通報したから」

「は？」

「いつもここでハトがたくさん死んでるでしょ。でも通報したから。もうハトのことは大丈夫だから」

真顔で話すハトおじさんの足もとを見て、萌香さんは凍りついた。

ズボンの裾が黒く濡れていて、そこにびっしり鳥の羽がついている。

ベロクロスニーカーのマジックテープが両足とも捲《めく》れていて、そこにもたくさんの羽が固まって絡まっていた。

我慢の果てに

「〈学校の七不思議〉のせいで、おもらしをしたことがあるんですよ」

かなえさんは小学生の頃、とても読書好きだった。

三年生の時、教室の一角に学級文庫のコーナーがあった。担任の先生が自前で揃えたもので、ブックスタンドには様々なジャンルの児童書が並んでいた。自由に借りられるので、かなえさんはよく利用していたという。

その中に一冊だけ怖い本があった。

これが大人気で、いつも誰かが借りているのでなかなか戻ってこない。面白かったという話は耳に入ってくる。早く読みたくてたまらない。

ある日、その本が返ってきていたので嬉々として借りていった。

学校の七不思議をテーマにした短編集で、各話のあいだにコラムや様々な学校の怪談を紹介するページがあった。面白くて一気読みしたのだが、本を閉じてから後悔した。想像していた以上に怖い内容だったのだ。

とくに各話に挿し込まれているイラストがどれも強烈であった。何をしていても思いだしてしまうので一人で寝るのが怖く、両親に一緒に寝てもらっていたという。

しかし、なにより困ったのは、学校でトイレに行けなくなったことだった。

個室で一人っきりになるなんて、とても耐えられない。なので、なるべく水分をとらず、トイレに行きたくならないようにしていた。どうしても我慢できない時は友だちについてきてもらい、ドアの前で待っていてもらった。

そんな頃、かなえさんにピンチが訪れた。

授業中、急におしっこをしたくなったのだ。

さすがに友だちを誘うことはできない。我慢をしていたら、今度はお腹も痛くなってきた。痛すぎてお腹をおさえて下を向いていたら、そんな様子に気づいた隣席の男子が担任の先生に異変を伝えてしまった。


授業時間で静かな廊下を、先生に付き添われて保健室に向かった。

本当は保健室ではなくトイレに行きたいのに。

言いだせなくて、お腹もどんどん痛くなってきて、かなえさんは泣いてしまう。

保健室へ行く途中、昇降口の前を通るのだが、そこから話し声が聞こえる。

下駄箱付近に数人の児童がいる。

片脚でケンケン立ちの子もいれば、傘立てに座っている子もいる。

ぺちゃくちゃと喋って楽しそうだが、みんな、両腕がない。

肩からストンと切り落としたみたいに服の袖もなかった。

かなえさんは叫んだ。

同時に、我慢していたものが全部出てしまった。

ぎゃあぎゃあと泣きながら、自分が見たものを必死に伝えたのだが、先生は優しい言葉をかけてくれるばかりで、まともにとりあってもらえなかった。おもらしの言い訳だと思われていたのだろう。

「あれが幽霊なら、腕だけがないって……なんなんですか？　あの子たち、どんな死に方をしたんでしょう」

三人の子を持つ親となった今、たとえ幽霊であっても子どもには哀れみの感情を抱いてしまうのだという。

鏡の中のLは

都内でカフェバーのオーナーをされているGさんはフィリピンと日本のハーフで、中学の頃までフィリピンで暮らしていた。

「怖い話ですか。そうですね、私が小学生の頃、家にあった大きな鏡に変なものが映り込んだことがありますよ」

鏡はGさんが生まれる前に亡くなった祖母が持っていたもので、装飾が良いので家族の集まる大部屋に置かれていたという。

その部屋で姉と占いごっこをして遊んでいたら、鏡に顔が映り込んだことがあった。

自分と同じ年ごろの子どもで、額が大きく腫れ上がっている。ぼんやりと一瞬ではなく、はっきりと何秒間も鏡に映っていたので、Gさんはそれが誰の顔なのかわかった。

何度も一緒に遊んだことのある、近所に住むLという女の子だった。

「Lに直接、伝えたんです。うちの鏡に君の顔が映っていたよって。本人はとても気味悪がっていました」

そんなLに異変が現れたのは、鏡のことを話した数日後だった。

額の真ん中に、大きな青たんができたのである。

それはだんだん赤黒く変色し、額はぼっこりと腫れていった。

顔の皮膚が腫れにもっていかれ、容貌が歪んで別人のようになる。

治る様子はまったくなく、三カ月ほど放置したら、ほぼ球状の瘤《こぶ》になった。

その頃のLの顔は、Gさんの見た鏡に映った顔とまったく同じだったそうだ。

ズキズキと痛むといって、Lは毎日泣いていた。

だが、病院へ行かなかった。いや、行けなかった。

Gさんの住んでいた地区は貧困な家庭も多く、その中でもLの家はかなり貧しかった。

病院に行かせる金が家になかったのだ。また、この町には衛生面が良くて設備の整った病院がない。深刻な病なら都会にある病院へ行くべきなのだが、そちらはもっと高額の金がかかる。日に日に痩せていくLは当然元気もなく、とても見ていられなかった。

だが、世の中、捨てたものではない。Lのことが地域周辺で大きく話題となり、彼女を病院に行かせてあげようという声が集まり、寄付がはじまったのである。

彼女の不幸な状況は都会の富裕層にも届いて響いたようで、必要な金はすぐに集まった。

こうしてLは、都会にある大きな病院へ行かせてもらうことができたが、その頃にはもう骨と皮だけのガリガリになっており、医者は深刻な状況にあると判断した。

額にできた瘤は、ガンの腫瘍の可能性がある。しかも発生箇所が頭部というのがいけなかった。切除できたとしても助かるかどうかはわからないと医師に宣告されたが、Lは助かるという希望を抱いて手術を受けた。

手術は成功し、幸い手術痕もほとんど残らなかった。

Lの話によると――。

切除箇所から血と膿が混じったものがグジュグジュと溢れてきたので、それを絞り出した後、悪性か良性かを調べるために腫瘍を真ん中から切り開いてみた。

メスを入れた瞬間、血膿とともに大量の白い粒がぞろぞろと湧き出てきた。

シラミである。

瘤の中にびっしりと詰まっていたらしい。

Lの住む地区では、川が汚れるという理由でシャンプーを使わない人も多い。それに加え、Lは貧しさゆえに風呂にはほとんど入っていなかった。おそらく毛穴にシラミが入って卵を産み、繁殖したのだろう。

「結果としては良かったのですが……鏡の中に映ったLの顔は、今思いだしても本当に不気味で、まるでお化けのようでした」

置き配

諏訪さんの趣味はネット通販である。美容グッズ、お取り寄せグルメ、健康食品。一人暮らしの１ＤＫには、様々なショップのロゴが入った箱が山積みになっているそうだ。

「ありえないことがあってね」

甘酒セットを注文した時のことだった。

とても楽しみにしていたのだが、到着予定日に急遽、残業が入ってしまった。

簡単に終わる作業ではなく、今日の受け取りは無理だと諦める。帰ったら再配達を申し込まなきゃ、と溜め息を吐きながら仕事をしていると、ピコンとスマホが鳴った。

「なんで？」と声が出た。

注文していた商品の配達完了を告げるメールだった。

置き配の設定にはしていない。だから、不在なら持ち帰るはずだ。

残業を終えて急いで帰ると、玄関ドアの脇に注文した商品が置かれていた。

無事に受け取ったからいいというわけではない。置き配した商品の盗難も多いと聞いているし、どんなものから個人情報を抜き取られるかもわからない。女性の一人暮らしと知られるだけで、日常の危険度が幾倍にも増す。なにより、何時間も外に置いてあった飲食物を口にするのは怖かった。だから「置き配をしない」と設定したのに。

苦情の一つも入れなければ気が済まない。

すぐ配送業者に電話をかけ、どういうことかと詰問した。

確認してもらうと、やはり置き配の設定にはなっておらず、配達員の判断で配達物を置いていったことがわかった。しかし、そのように判断したのには理由があるのだという。

配達員の言い分はこうだった。

諏訪さん宅のインターホンを二度鳴らしたら、部屋の中からドアに駆け寄ってくるような足音が聞こえた。ドアが開くかと待っていたら、中から子どもの声で「おいてって」と聞こえたのだという。

きっと留守番をしている子どもが、親からそう対応するように言われているのだろう。そう判断し、配達物を玄関に置いていったというのだ。

「ね、ありえない話でしょ?」

諏訪さんの住むアパートは単身者向けで、子どもの姿など見たことがないそうだ。

亡き父のにおい

金尾さんの御尊父は喜寿祝いの日に亡くなった。

それまで大きな病気もせず、家族の誰よりも健康であったが夕食後に急逝された。

「大好物のウナギとオレンジをたっぷり食べて、ごろんって横になったら、そのまま」

眠っているような顔だったという。


四十九日を過ぎて一週間後の朝。葬儀に来られなかった兄弟なども集まって形見分けをしていると、にわかにウナギの蒲焼の匂いがし始めた。

よその家から漂ってきたというレベルではない。そばで食べているような匂いだ。

「まだいるんじゃない？　お父さん」

「昼食はウナギに決まりだな」

笑いながらそんな会話をしていると、今度は柑橘系の甘酸っぱい匂いがしてくる。

これはオレンジだ。

父親が最後の日に食べた好物の匂いがしているのだ。

「本当にいるみたいだね」

「食べ足りなかったのか」

「いいお店のウナギをお供えしなきゃ」

「あれ、まって。なんか……」

また違う匂いがする。

これは酒だ。喜寿祝いに兄弟で贈った地酒の匂いではないのか。

家族の集まる部屋に三種の幻の匂いが混在するという不思議な状況。

弟は父親が写るのではとスマホで写真を撮りだす。

タレの甘い香り、柑橘系の酸っぱい香り、芳醇な酒の香り。いずれも口に唾がわくほど良い匂いなのだが、それははじめだけだった。

匂いはだんだんと混じりあって、違うものへと変化していく。

部屋に立ち込めていたものは、良い〈匂い〉から、吐き気をもよおすほどの〈臭い〉へと変わっていった。

「うえっ、なんじゃあ、オヤジ、ゲボでも吐いたんか」

弟が顔をしかめながら放ったこの一言で、さっきまでのほっこりとした空気は霧散した。

確かにそれはもう、嘔吐物の臭いでしかなかった。

だが、亡くなる時に嘔吐などはなかった。
誰かが、こんなことを言った。
「これ、オヤジの胃の中の臭いなんじゃないか？」
胃袋の中身だけは持っていくことができなかったのか。
胃袋ごと置いていったのか。
あるいは、亡き父の胃袋だけが今、ここに来ているのか。

亡き父のにおい？

由美さんの父親が在宅で終末期医療を受けることになり、長い入院生活から解放されて帰ってきた日の夜。

家の中で、なんともいえない嫌な臭いがしだした。

由美さんは父親から発されているものだと思っていた。病んだ身体から分泌されたなにかの臭いが、呼気に混じって漏れているのだと。

家族はあえて口にしない空気だったので、由美さんも臭いには触れなかった。

それから二カ月後、父親は亡くなった。

家の中の臭いも消えた。

遺品整理も終わって落ち着いてきた頃。「急に寂しくなった」といっていた母親に少しでも元気になってもらおうと、由美さんは六歳と八歳の子を連れて帰郷した。

なんやかんやと出発が遅れ、着いたのは夕刻。スーパーで買った食材を車から運んでいると、先に行った子どもたちが玄関の三和土《たたき》に屈みこんでいる。

「どうしたの？」

「なんかくさいよー」

鼻をつまんで家にあがるのを拒んでいる。

確かに臭う。しかも、嗅ぎ覚えのある臭いだ。

そうだ。これは亡くなる直前まで父親がまとっていた臭いだ。

迎えに出てきた母親に由美さんは臭いのことを話した。

「もしかしてお父さんが来てるんじゃない？」

「ないない。それはないから」

母親は手を振って笑う。

「この臭いでしょ。これね、お父さんが病気になるずっと前からたまに臭ってたのよ」

「そうなの？　うわー、なんかごめん、ずっとお父さんが臭いのかと思ってた」

「たぶん、どこかでネズミか猫でも死んでるんじゃない？」

そういって玄関に備えてあった消臭スプレーを母親が手に取ると、由美さんの横をドタドタと駆け抜けていった。

「こら、家では走らないよー」と言いかけて我が目を疑う。

子どもは二人とも、まだそばにいる。

遠のく足音をすぐ目で追いかけたが、なんの姿も捉えることはできない。
いつの間にか臭いもなくなっている。
その足音は、母親も子どもたちも、はっきりと聞いているという。

蛙坂須美

Webを中心に実話怪談を発表し続け、
共著作『瞬殺怪談 鬼幽』でデビュー。
国内外の文学に精通し、
文芸誌への寄稿など枠にとらわれない活動を展開している。
著書に『怪談六道 ねむり地獄』、
共著に『怪談番外地 蠱毒の坩堝』
『実話怪談 虚ろ坂』『実話奇彩 怪談散華』など。

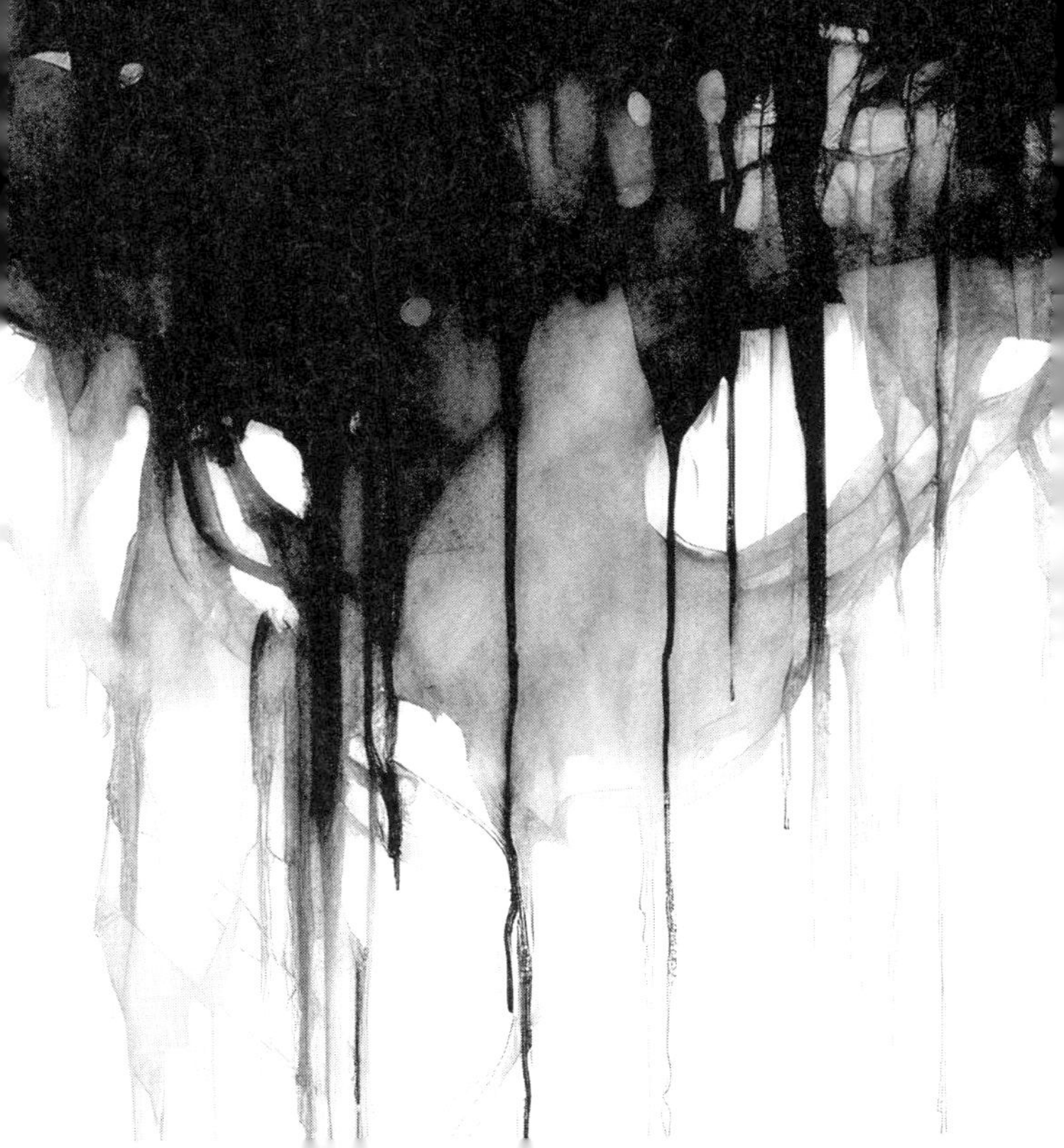

生首とパイナップル

三年前、都内でレントゲン技師をしている栄子さんは、沖縄のとある離島に一人旅をした。シーズンを少しずらした四月のことである。

旅行最終日、栄子さんはまだ外が暗いうちから起き出して、ホテル近くの砂浜に向かった。そこは日の出の景色が美しいと評判の場所で、旅行雑誌で見かけてからというもの、一度は訪れてみたいと思っていた場所だったのだ。

砂浜にはホテルが貸し出している自転車で向かう。

四月の夜明け前とはいえ、肌に感じる風はすでに生ぬるい。

砂浜へは約二十分ほどの道のりである。時間も時間だから、人や車に出くわすこともなく、栄子さんは快調に自転車を走らせた。

途中、パイナップルの無人販売所の前を通った。

トタン板を屋根にした小屋の前に、パイナップルを擬人化したとおぼしきキャラクターを描いた立看板が出してある。旅行中、似たような無人販売所は何度も見かけていた。

前を通る際、栄子さんはなんの気なしに小屋の中に視線を向けた。

えっ？　と思った。

本来ならパイナップルが置かれて然るべき木製の棚に、男女の生首のように見えるものが三つ並べてあったのである。

生首は均等な間隔をあけて、右から、女、女、男の順で置かれていた。

ほんの一瞬だったからはっきりとはわからないけれど、顔つきや髪の長さからそうだろうという気がした。いずれも若い男女のものだった。

一瞬の逡巡の後、栄子さんは自転車を走らせ続けた。

いくらなんでも、パイナップルの無人販売所に生首が並んでいるはずがない。

もし見間違いでないなら、完全な猟奇犯罪だ。となれば自分は第一発見者だから、当然、通報の義務があるとはいえ、そんな漫画みたいな出来事があるものか。

きっとあれだ、鳥よけかなにかで、マネキンの首を置いているんだ。

そう考えることにして、栄子さんは後戻りすることなく砂浜へと急いだ。

日の出の景色は素晴らしかった。

栄子さんは写真を撮るのも忘れて、燃えるような赤光を目に焼きつけた。

だが頭の片隅には、さっき見た生首らしきもののことがこびりついて離れなかった。

帰り道にのぞいたときには無人販売所の中は空っぽで、生首はおろかパイナップルのひとつも見当たらなかったそうだ。

あ、ひさびさに来たな、と栄子さんは思った。

乱気流の影響で飛行機の着陸が遅れ、家に着いたときには日付が変わっていた。自宅のベッドに横になり、眠りに落ちかけたところで、全身がまるで羽交い締めされたように動かなくなったのである。

金縛りだ。それ自体はそう珍しいことではない。

なのだが、その日にかぎっては、いつもと少し様子がちがった。

音がした。寝室とリビングをつなぐ扉が開く音だ。

同時に、何者かが部屋に入ってくる気配。ぺたぺたと、水に濡れたような足音がする。

泥棒！　とは考えないでもなかった。

しかしオートロック式のマンションの、それも玄関から生きている人間が侵入してくるというのは、いささか無理がある。

布団からはみ出した足先から、冷気が伝わってくるようだった。

足音の主は、まっすぐに栄子さんのいるベッドまでやってくる。

それも一人ではない。複数人だ。一……二……三人いるらしい。

足音はベッドの手前でぴたりと止まった。

押し殺した息遣いが栄子さんの耳に届く。

三人は、ぎゅっと目をつむった彼女のことを見つめているらしい。

ひそひそと何事かを話し合っている様子だが、聞こえてくるのは、

「花柄地蔵」

「ちゃんと推敲しないと」

「すべての石は石だし」

「蹴り損の棘儲け」

「犬にも言えない習慣が」

「汚物探偵」

などという意味不明な、きれぎれの言葉の断片ばかりだった。

においが鼻をついた。熟れた果実が放つ、甘酸っぱいにおい。

目を閉じているにもかかわらず、栄子さんの脳裡には、等間隔に立ち並んだ三人の男女が自分を見下ろしている光景がはっきりと浮かび上がった。

——パイナップルだ。

彼らの頭があるべき場所には、いずれも極大のパイナップルが載っていた。

六本の手が我先にと伸びて、栄子さんの髪を、耳を、鼻を、首を掴む。

途端、麻酔を打たれたように意識が遠のいて、夢の中、首だけになった栄子さんは砂浜に転がって、あの日の出の景色をぼんやりと眺めていた。


目覚めたら、いつもより頭が重かった。

おそるおそる鏡を見て、栄子さんは安堵のため息を吐いた。

自分の首がパイナップルになっているのでは？　との不安に見舞われていたのだ。

けれどそれからしばらくの間、職場や街中ですれちがった人がギョッとした表情で栄子さんの首から上を凝視するということがよくあった。直接そう言われることこそなかったものの、栄子さんとしては、見る人が見ればやはりそう見えるんだなと、大層気まずい思いをしていたそうである。

イタリア泥鰌地獄

「イタリアにもぬりかべっていますよ」

琥太郎《こたろう》さんがそう言ったので、わたしはそんなこともあるかなと思った。

漫画家の水木しげるがパプアニューギニアの熱帯雨林でぬりかべらしき現象に遭遇したというのは有名な話だし、その水木は「妖怪千体説」なるものを唱えてもいる。

砂をかけるの、水垢を舐めるの、枕を返すの、小豆を洗うの、妖怪にもいろんなのがいるけれど、そうした属性に基づいた類型化を行えば、妖怪の種類はだいたい千体くらいだろう、というのが水木の主張で、ぬりかべを「歩行者の通行を阻害する壁のような妖怪」と定義するなら、類似の妖怪がイタリアにいたとしても不思議はない。

「でもイタリアのぬりかべって、あれ壁じゃないんですよね」

以下に記すのが、琥太郎さんの貴重なぬりかべ体験である。

数年前、琥太郎さんは配偶者の彩さんとイタリア旅行に赴いた。新婚旅行である。

ローマから鉄道で南下し、シチリア島の南方、イタリア領最南端のランペドゥーザ島を目指す旅だった。

海外旅行自体はじめてだった琥太郎さんにとっては、目に映るすべての風物が珍しい。一方で、アメリカに留学経験のある彩さんはさすがに海外慣れしていたけれど、イタリア語はからっきしである。

ローマやアマルフィといった観光地では英語で事足りる。しかし半島を下るにつれ、それも怪しくなってきた。おたがいに英語を話してはいても、相手の訛りがきつすぎて、なにがなにやらよくわからないのだ。

もっとも言語による意思疎通の難しさも、海外旅行の楽しみといえる。翻訳アプリを駆使しながら、二人はシチリアの美しい風景と豊かな海の幸を堪能していた。

旅程も半ばにさしかかった頃、二人は小さな港町に滞在することに。

ガイドブックに載るような観光地からはやや離れた土地だから、旅行者の姿はあまり見られない。けれど古くからの街並みは映画の一コマのようだったし、偶然立ち寄った店で食べたイワシとウイキョウのパスタは、これまでに味わったことのない美味だったという。

昼からワインまで聞こし召し、二人はほろ酔い加減で店を出た。

調子に乗って長居をしたせいで、外はすでに薄暗くなっている。

どちらが言い出したものか、折角だし来たときとは別の道で帰ろう、という話になった。

が、実を言えば、琥太郎さんも彩さんも大の方向音痴なのである。

本来なら、そんな提案がなされるはずはないのだ。

アルコールで気が大きくなっていたのか、あるいはもうその時点でおかしな事態に巻き込まれていたのかも、と琥太郎さんは述懐する。

二人はいつしか狭苦しい路地を歩いていた。

どこか殺伐とした、「陋巷《ろうこう》」という言葉がしっくりくるような隘路《あいろ》であった。

左右に居並ぶ家々の窓はどれも固く閉ざされ、道中《みちじゅう》がうっそりと息を潜めていた。にもかかわらず、うなじのあたりにちりちりと視線らしきものを感じる。

周囲は下水臭く、道の至るところに乾燥した犬の糞が転がっていた。

二人して地図アプリを起動してみるものの、電波状況は劣悪で、現在地が表示されない。

「……道に迷ったかなあ？」

「方角は合ってる……よね？」

「自信ないなあ……」

黙っていると不安になるから、ああだこうだと言い合いつつ、二人は路地を進む。

そのときだ。前を歩いていた彩さんがとつぜん、わっ！　と一声あげて転倒した。

その転び方が妙だった。前につんのめるのではなく、後ろにひっくり返ったのだ。

なにかを踏んで滑ったというよりは、目の前にあるものにぶち当たって弾かれたといった具合だった。

「どしたの？　大丈夫？」

「……大丈夫だけど。この先、おかしい」

「どういうこと？」

「なにもないのに、なんかある」

言いながら彩さんは立ち上がり、両手を前に出した。そうしてパントマイムでもするように、なにもない空間をなぞりはじめる。

「……やっぱりそうだ。ここ、変なのがある」

「変なのって？」

「触ってみればわかるよ」

彩さんにうながされるまま、琥太郎さんも同じように両手を突き出してみる。

おどろいたことに、たしかになにかがあった。

ひんやりとして柔らかい。けれど奇妙な弾力がある。強いてたとえるなら、これは。

「……寒天《かんてん》？」

「そんな感じだけど、ここなんかは感触がちがうの。これは、なんていうか……」

——男の人の足みたい。

そう呟くや否や、彩さんはハッとした感じで背後に飛びすさった。琥太郎さんも同様に後ずさる。

彩さんの一言を耳にした瞬間、琥太郎さんの脳裡にあるイメージが流れ込んできたのだ。

それは、路地の横幅いっぱいを埋め尽くす、巨大な豆腐みたいなものだった。

真っ白い表面の至るところにぷつぷつと無数の気泡のようなものが浮かんでは消えしている様子は、さながらできかけのパンケーキを髣髴《ほうふつ》させもする。

その巨大豆腐から、人間の足が突き出ていた。

正確な数は記憶していないが、少なくとも七、八本はあった。筋肉のつき方やすね毛の具合から、どれもむくつけき成人男性のものとおぼしい。

泥鰌《どじょう》地獄鍋、あるいは泥鰌豆腐と呼ばれる料理をご存知だろうか。

鍋に冷水と豆腐一丁、生きた泥鰌を入れ、弱火にかける。湯が沸いてくると熱さに耐えかねた泥鰌は豆腐の中に潜り込み、そのまま煮えてしまう。泥鰌にしては地獄の刑罰に等しい調理法である。

実際のところ、泥鰌が豆腐の中に入ることはないとされているが、インターネットで検索すると、苦しみのあまり豆腐に頭をめり込ませた泥鰌の画像がヒットする。

巨大な豆腐状の物体から、大の男の足が複数本突き出ているその様子は、泥鰌地獄鍋そのものであった。

「……もしかしてだけど、ここにあるのって……」

「……言わなくても、わかる。たぶん、同じこと考えてる。というか、脳が勝手にそう認識してるっぽい……」

「……あ、おれと同じ」

「……あ、そうなんだ」

二人は同時に踵《きびす》を返し、倒《こ》けつ転《まろ》びつしながら走りまくった。

それで気づいたときには、宿泊しているホテルの目の前の道を大汗かいて右往左往していた。周囲の人々が奇異の眼差しで新婚の日本人夫婦を見つめていた。

二人の衣服は乾燥した犬の糞にまみれて、ひどい悪臭を放っていた。

ピナクルズのトーテムポール

瀬戸さんは社会人三、四年目の頃、大学時代の友人とオーストラリアを二人旅することになった。

今から二十年ほど前のことだ。

滞在したのは、西オーストラリア州の州都パース。

世界一美しい街ともいわれる沿岸部の都市で、市内には近代建築が軒を連ねる一方、周辺には美しいビーチや砂丘といった大自然が広がっている。

旅の一番の目当ては、世界遺産にも登録されているシャーク・ベイ。のはずだったが、下調べをしていなかったせいで、ツアーの時間と旅程が噛み合わない。

どうしたものかと観光案内所に相談したところ、ピナクルズ行きのツアーを提案されたのだという。

ピナクルズはパースから北へ約二五〇キロ、日帰りのツアーもあるとの話だったから、それならばと早速申し込むことにした。

瀬戸さんも友人も、ピナクルズについて詳しいことは何も知らなかった。

けれど実際に現地を訪れてみると、そこは尖塔状の岩石が無数に点在する広大な砂漠地帯で、砂漠そのものを目にする機会の少ない日本人にとっては圧巻の奇景であった。まるでこの世の終わりみたいな場所だ、と瀬戸さんは感動した。友人も同様の感想を抱いたらしく、二人は勢い込んでシャッターを切りまくる。

「せっかくだから二人で撮ってもらおうよ」

友人が他のツアー客に頼んでくれ、ひときわ巨大な岩をバックに、複数枚のツーショット写真を撮ることもできた。

当時、瀬戸さんが持参していたのは最新式のデジタルカメラ。

一方で友人が持っていたのは使い捨てのフィルムカメラで、問題はそちらにあったのだ、と瀬戸さんは語る。

帰国後、一週間ほどして瀬戸さんのもとにくだんの友人から電話があった。

「現像に出してた写真、戻ってきたんだけどね」

普段は快活な友人が、なぜだか昏《くら》く打ち沈んでいるように思える。

何かあったの？　と訊ねたところ、

「ピナクルズで撮った写真に、変なのが写ってるの」

とそんなことを言う。電話での様子にただならぬものを感じた瀬戸さんが友人宅に駆けつけると、彼女はひどく怯えた様子で一枚の写真を差し出した。

一瞥《いちべつ》し、瀬戸さんはすぐに異変に気づく。

それはあのとき他のツアー客に撮影してもらったツーショット写真だった。

周囲には岩と砂漠、それ以外には何もなかったはずだ。

にもかかわらず、奇岩をバックにピースサインを作る二人の間に、奇妙な柱のようなものが立っている。

それは身長一七〇センチ近い瀬戸さんより頭ひとつほど背が高かった。

三段に分かたれた最上段には鷹か鷲の頭らしきものが象《かたど》られ、全体としては焦茶色だが、嘴《くちばし》は黄色、顔には鮮やかなエメラルド色の隈取《くまどり》がされているようだ。

中段、下段にも同じく猛禽類《もうきんるい》の顔が並び、折しも傾きつつある夕陽がそれらの表情に深い陰影を落としていた。

これって……と瀬戸さんは思った。

――トーテムポールだよね？

どこから見ても、そうとしか思えない。

ひょっとして心霊写真？　と最初のうちは瀬戸さんも考えないではなかった。

けれど尋常の心霊写真のように、被写体の身体部位が欠損しているとかオーブが飛び交っているとかいうわけではない。

そもそもトーテムポールは、北米大陸の北西沿岸部に住む先住民に伝わる彫刻である。そんなものがどうしてオーストラリアの砂漠で撮った写真に写り込んでいるのか、瀬戸さんにはまるで意味がわからない。

あまりのわからなさに、感動すらおぼえた。

「これ、すごすぎる。写真屋さんに引き伸ばしてもらってさ、細部をよく見てみようよ」

瀬戸さんはそう提案したのだが、当の友人は顔面蒼白で首を振る。

「嫌だよ。だってこれ、わたしを見てる。わたしを狙ってる。こんなの持ってたら、絶対に悪いことが起こるって」

なるほど言われてみれば、最上部に位置する鳥の嘴が、こころなしか友人のほうを向いているようにも思える。

せめて記念に取っておこう、という瀬戸さんの主張もあえなく却下され、写真もネガもとある寺でお焚き上げをしてもらったそうだ。

もともとリアリストだった友人は、そんな体験が引き金になったものか、

「家の勝手口に身体の透けたおばあさんが立っている」

「登山中、緑色の小人がずっと後ろをついてきた」

「恋人の部屋に首のねじれた男がいて気持ち悪かった」

などと意味不明な発言を繰り返し、そのうちにどう考えても怪しい似非《えせ》霊能者が代表をしている新興宗教団体に帰依してしまった。

「あんたも絶対に除霊してもらったほうがいいよ。十万円。ね、安いでしょ？」

ついには瀬戸さん自身も執拗な勧誘を受けるようになったため、関係を絶ってしまったそうだ。


話を聞き終えたわたしには、一点だけ、どうしても腑《ふ》に落ちない箇所があった。

新興宗教にハマった友人は、瀬戸さんにしつこく除霊を勧めたという。

もちろんピナクルズで撮った写真には瀬戸さんも写っていたわけだが、友人は「わたしを見てる」「わたしを狙ってる」とあくまでトーテムポールの狙いは自分にあると考えていたはずだ。

友人はその写真を撮ってからというもの、奇妙なものが見えると主張していた。

ひょっとすると友人が瀬戸さんに除霊を勧めたのには、なにか彼女にしかわからない理由があったのではないか。

そのように指摘すると瀬戸さんは一瞬の間を置いて、
「それはわからないし確認のしようもないですけど、実はその後、わたしが撮った写真にも、何度か変なものが写っていたんです。それも決まって、使い捨てカメラで撮った写真に。写っていたのは……」

――首です。

――どれも首でした。

詳しくはあんまり話したくないです、と瀬戸さんは話を終えた。

KONAKI

「友人の芹沢から、京都でオススメの観光スポットを教えてくれと連絡があったんです」

関西在住の淳一さんは語る。

二〇一八年、初夏の出来事。


淳一さんと芹沢さんは大学の同期にあたる関係で、二人は関西圏の学校を卒業している。

淳一さんの実家は大阪のため、卒業後はそのまま関西で就職、芹沢さんは故郷の高知県に帰って公務員の職に就いた。

その芹沢さんに彼女ができた。

出会いは合コンで、おたがいに結婚を意識している。順調に交際を重ね、ゴールデンウィークは旅行にでもという話になった。京都に行きたいと彼女は主張し、芹沢さんもそれに同意した。

先述のように、芹沢さんは関西で学生時代を過ごした。京都には何度か足を運んだことがあるから、ありきたりの観光スポットを巡るのではおもしろくない。

そんなわけで、土地勘のある淳一さんに白羽の矢が立ったのである。

相談を受けた淳一さんは、鞍馬山《くらまやま》から貴船《きふね》までの山歩きを提案した。

それは叡山《えいざん》電鉄の鞍馬駅で下車し、鞍馬寺を経由しつつ貴船神社に至るルートで、所要時間は一時間半程度。山道に慣れていなくともそう大変な道のりではない。

「ぼちぼち暑い季節やけど、貴船着いたら涼しくて気持ちええで。ほんで貴船の川床《かわどこ》で、美味《おい》しいもん食べたらええやん」

淳一さんの案に、芹沢さんは一も二もなく飛びついたそうだ。

以下はその京都旅行中、芹沢さんと恋人の麻帆さんが体験した話である。


旅行当日、京都に到着した芹沢さんと麻帆さんは、京阪《けいはん》出町柳《でまちやなぎ》駅から叡山電鉄のホームに入り、電車が来るのを待っていた。

アウトドアにはもってこいの快晴であった。まだ早い時間ではあるが、駅のホームには観光客の姿も多い。

二人のすぐ近くには中国人の家族連れがいて、なにやら中国語で会話をしていた。

腹の迫り出した中年男性、対照的にほっそりと痩せた女性、小学生くらいに見える坊っちゃん刈りの男の子。

わかりもしない言葉の連なりを聞くともなく聞きながら、絵に描いたみたいな家族だな、と芹沢さんはそんなことを考えていた。

するとある瞬間、男の子が芹沢さんのほうを向いた。二人の視線がかち合った。

それを合図にしたように男の子は両親のもとを離れ、こちらに駆け寄ってくる。

目の前にやってくると男の子は、芹沢さんになにか紙のようなものを手渡した。

それは一枚の白黒写真だった。

これから二人が登ろうとしている鞍馬山の本殿金堂周辺を、上空数十メートルのところから撮影したものだった。六芒星《ろくぼうせい》が特徴的な金剛床《こんごうしょう》が確認できることから、旅行前の事前リサーチを怠らなかった芹沢さんにはすぐに特定できたのである。

空撮写真など最近では珍しくもないが、写真の劣化具合や紙質からみるに、ずいぶん昔に撮られたもののように見えた。

となるとこの写真、どうやって撮影したんだろう？

「あの、これって……」

芹沢さんは困惑しつつ、男の子の顔を見やる。

すると男の子はニコッと邪気のない笑みを浮かべ、

「××××××××××」

中国語で何事かことをささやいて、家族のもとへと戻っていった。

「なに？　その写真」

「さあ、落とし物とか？」

「なんで落とし物を見ず知らずの人に渡すの？」

「そんなこと、おれにもわからないけど……」

二人して首を傾げていたら、電車がホームに入ってきた。

乗り込む直前に周囲を見回したものの、すでに車両に乗り込んでしまったものか、先刻の家族連れの姿はない。

しかたなく、芹沢さんは写真をズボンのポケットにしまい込んだ。


「で、このあたりから怪談めいた話になってきまして……」


鞍馬寺を参拝し、各名所を見終えた二人が貴船神社に続く山道を歩いていたときのこと。

終始はしゃぎ気味だった麻帆さんが、急に荒い息をし出し、言葉少なになってきたのだ。

山道とはいえ、ハイキングコースに毛の生えたようなものである。現に芹沢さんは息ひとつ乱れていない。

体調でも悪いのかと心配になり、声をかけた。

「……さっきから、重い……両肩が……ずしっと……なんか、背負ってるみたい……」

息を切らしながらそんなことを言う麻帆さんから、芹沢さんは目が離せなかった。

彼女の両肩に、うっすらと靄《もや》のようなものが重なっている。

山中のこととて、ガスがかかることもあるだろう。とはいえ麻帆さんの肩にだけ局所的に、というのはどう考えてもおかしい。

おまけにその靄は次第にくっきりとした輪郭をとりはじめ、いつしか人間の、それも幼児の手のようなかたちに凝《こ》り固まってきたのである。

「……ねえ、さっきから……なに見てるの……？」

芹沢さんは無言で麻帆さんの背後に回った。

そこに、それがいた。

大きさは、三、四歳の子供くらいだろうか。たまごみたいにつるっとした頭をして、身体には木の皮かなにかでできたボロボロの衣服をまとっている。

そんなわけのわからないものが、麻帆さんの背中に、蝉《せみ》を髣髴《ほうふつ》とさせる仕方でぴったりとしがみついているのだ。

ひっ！　と思わず声が漏れた。

その瞬間、麻帆さんの背中のそれがこちらを振り向いた。

背格好とは裏腹に、それは血の気のない顔に無数の皺《しわ》が刻まれた、老人の顔をしていた。

垂れ下がった皮膚のせいで、両目の位置すらも定かではないが、ぽっかりと開いた口からは、茶色い乱杭歯《らんぐいば》と蛭《ひる》のように赤黒い舌がのぞいている。

笑っている、ように見えた。

「……ねえ、なに？　どうしたの？　……わたしの背中に、なにかあるの……？」

麻帆さんが心配そうに訊ねてくる。

身体は子供、顔面は老人の変な存在が、君の背中にとりついてるんだ！

芹沢さんはそう叫びたかった。叫びたかったが、そうした場合、麻帆さんが恐慌状態に陥るのは目に見えている。

加えて、もしもこのわけのわからないものが自分の目か脳の異常による産物だとしたら、具合のよくない恋人をいたずらに怖がらせようとした唾棄《だき》すべき男と看做《みな》されるのは想像に難くない。

一瞬の躊躇の後、芹沢さんは喉元まで出かかった言葉をぐっと飲み込んだ。

「……いや、別に。……あれじゃない？　行きの新幹線で、首を寝違えちゃったとか？　もうすぐ貴船だからさ、ひと頑張りして、冷たいビールでも飲もうよ。ねっ？」

言いながら芹沢さんは麻帆さんの前に出て、あとは極力振り返らないようにして貴船を目指したという。

「そのおかしなものは、いつの間にかいなくなっていたみたいですけどね」

無事貴船に着いた二人は事前に調べておいた店で川床ランチに舌鼓を打ち、貴船神社に参拝、その後は叡山電鉄貴船口駅から再び電車に乗り、出町柳駅に戻ることに。

麻帆さんは疲れたのか、芹沢さんの肩に頭をもたせかけ、すうすうと寝息を立てていた。

さっきのあれ、一体なんだったんだ？

芹沢さんはあの無気味な子供だか老人だかのことを考え続けていた。

やっぱり自分の見間違いだったのか。

いや、鞍馬は霊山というくらいだから、ああいう異形の存在が太古の昔から棲みついていてもおかしくはないのかもしれない。

幽霊？　それとも妖怪？

鞍馬といえば天狗《てんぐ》だけれど、さっきのはどう見ても天狗という感じではなかった。

そう、あれはむしろ……。

「××××××××××」

理解不能な、しかし聞き覚えのある声が目の前でした。

反射的に顔を上げる。

坊っちゃん刈りの男の子が、芹沢さんの顔をのぞき込んでいた。

間違いない。数時間前、自分にあの白黒写真を渡してきた子だ。

「××××××××」

再度同じ言葉を繰り返し、男の子は芹沢さんに手を差し出した。

なにを言っているのかはわからないが、あの写真を返せと言われている気がした。

ズボンのポケットから写真を取り出し、男の子に手渡す。

男の子はニヤッと笑うと、また別の紙を芹沢さんに託し、踵を返した。数メートル離れたところに太った男と痩せた女が立って、二人のやりとりを凝然と見つめていた。

受け取った写真に視線を落とした芹沢さんの首筋に、虫でも這ったような鳥肌が立つ。

それはまたしても鞍馬山の写真だった。

いましがた芹沢さんが男の子に返したのとまったく同じアングルで撮影されたもので、
今度のはカラープリントされていた。

その写真の左上方に、靄がかかったようにぼんやりとしてはいるが、紛うことなき巨大な人間の顔が映り込み、鞍馬山を見下ろしている。

麻帆さんの背中にしがみついていた、あの老人の顔だった。

更に不可解なのは、写真の下側にプリントされた日付が今日その日を示していることで、芹沢さんはあまりのことに言葉もなく、麻帆さんを起こしもせずに写真を凝視し続けた。

顔をあげたときには、あの家族連れはもうどこにもいなかったという。

結局、芹沢さんは旅行中にその写真を処分することができなかった。

麻帆さんに相談するのも気が引けて、地元に帰ってからどこかお祓いをしてくれる神社を探そうと思っていたものの、鞄に入れていたはずの写真はいつの間にかなくなっていたらしい。


「で、芹沢のやつ、実はいまの話に出てきた麻帆さんと、三年前に結婚しまして」


昨年、二人には待望の第一子が生まれた。

あのときの中国人の家族連れは、鞍馬山で彼女の背中にしがみついていた化け物は、一体全体何者だったのか、そうしてまた自分が手渡された二枚の写真には、どのような意味があったのか。

考えれば考えるほど謎は深まるばかりだし、いまとなってはすべてが夢の中の出来事のようにも思える。

しかし芹沢さんには、ひとつだけ、気がかりなことがある。

「奥さんが……つまり麻帆さんですけど、『この子には絶対に中国語を習わせる！』って意気込んでるらしいんですよね。別に彼女、中国に行ったこともないのに……」

だから芹沢さんは、あの体験はまだ続いている、というかひょっとしてなにかのはじまりにすぎなかったのではなかろうか、との思いをいまだに拭《ぬぐ》いきれずにいるそうである。

あまりにも深い、奈落の時間

五十代の明さんは離婚したばかりの頃、仕事もなにも全部放り出し、あるかなきかの貯蓄で食いつなぐ日々を送っていた。日がな一日、焼酎のお湯割りを飲みながら、ブックマークした海外のポルノサイトをただもうずっと巡回していた。

といって当時の明さんに、別段、激しい性欲の漲《みなぎ》りがあったわけではない。これはと思う動画を見つけては外付けハードディスクに違法ダウンロードし、女優名、シチュエーション、プレイ内容などで分類整理をしていく、その不毛な過程に奇妙な安らぎを見出していたのである。

セルフネグレクトに加えて、ちょっとしたポルノ依存症みたいになっていたのだろう。

けれどある日、これではいけないと不意にそう思った。預金残高は二十万を切っていた。一念発起ハローワークに通い出し、クリーニング工場に職を得た。

家族経営の小さい工場で従業員のほとんどは東南アジア系の外国人だったけれど、面接で会った社長と経理を担当している奥さんの感じはよかった。

都合さえ合えば来週からでも、との提案を明さんは快諾した。

帰宅後、例によって焼酎のお湯割りを飲みながら、いつものポルノサイトではなく旅行情報サイトにアクセスすると、自宅から新幹線とローカル線を乗り継いで約三時間の場所にある温泉宿を予約した。

一人旅は生まれてはじめてだった。

人生の再出発を記念する意味も無論あるが、長らく続けていた自堕落な生活の垢《あか》を、ここで綺麗さっぱり洗い落としておきたかったのである。一種の禊《みそ》ぎというわけだ。

宿へと向かう車中、明さんはスマホの画面を眺めていた。閲覧していたのは、よく利用するポルノサイトにアップロードされたばかりのとある動画である。

興味を惹かれたのは、まずもってその動画の舞台だった。

そこは鬱蒼とした森の中にたたずむ木造建築で、アメリカ製のホラー映画でよく目にするモーテルのように見える。

動画は、そのモーテルを一人の女が訪ねてくるところからはじまった。明さんは英語が不得手だが、女はどうやら小屋の持ち主である男に一夜の宿を乞うているようだ。

女のルックスは、金髪碧眼《へきがん》、そばかすの目立つ丸顔で、チェックのシャツを尻の見えそうなショートパンツにたくし込んだ、いかにも健康的なヤンキー娘といった風情。

対する男は、ポルノ俳優には似つかわしくない貧相な体格の優男だった。頭頂部に大きな禿《は》げがある以外、これといった特徴はない。

二人は明さんにはわからない会話を交わしつつ寝室にもつれ込み、絡みがはじまった。

そこまでならどこにでも転がっていそうな映像だ。

なのだが、明さんは缶ビールを口に運ぶのも忘れて、その動画に見入ってしまった。

というのも、ベッドの上でたがいの肉体を激しく衝突させ合う二人のすぐ横にある窓の向こうに、一人の男が腕組みしながら佇立《ちょりつ》していたからである。

男は厳しい表情を浮かべながら、室内で繰り広げられるでたらめを凝然と見つめている。

監視でもしているみたいだ、と明さんは思った。

その男はいかにもテキサスとかカンザスあたりの片田舎にいそうな、日焼けした、腹の突き出た中年おやじで、腕まくりした右の二の腕には、円の中に意味深な数字が配列されたタトゥーが刻まれていた。なんだか魔法陣のようだった。

一体全体、これはどういうシチュエーションなのか？　明さんは首を傾げた。

けれど奇妙なのはその男の存在だけで、内容としてはとくべつ興趣をそそられることのない映像に明さんは次第に退屈してしまい、動画を最後まで視聴することなくまた無限に広がるインターネットポルノの海へと沈んでいったのである。

気づいたら汗だくになっていた。

時刻は深夜一時をまわったところだった。

夕食の膳を下げてもらって以後の記憶がほとんどない。閉め切った旅館の一室で数時間、ビールを飲みながら延々と助平な映像を眺め続けていたらしい自分の精神状態に不安をおぼえた。

チェックインしてからというもの、したことといえば食事と酒、ポルノ動画の鑑賞だけだ。これでは家にいるのとなにも変わらない。考えてみれば、温泉にもまだ入っていないではないか。

そうだ温泉、と明さんは思った。

ここの温泉は時間帯によって男湯と女湯が入れ替わる。いまの時間、男湯は朝まで露店風呂付きのものが利用できるはずだ。ひょっとすると貸切状態かもしれない。怪我の功名とはこのことだ。

明さんは早速、タオル一枚持って大浴場へと足を運んだ。

脱衣所に人はいなかった。ロッカーが使われている形跡もないから、期待通り、貸切風呂を味わえるわけだ。

汗じみた浴衣を脱衣カゴに放り込むと、明さんは浴場に通じる扉を開いた。

シャワーで身体を流し、まずは気になっていた露天風呂へと向かう。

おやっ？　と思った。

屋内浴場と露天風呂をつなぐガラス戸の向こうに、人影がある。

立ち込める湯気とガラス戸の結露のせいでよくはうかがえないが、それは大柄な男性らしかった。岩風呂の小高くなった位置に仁王立ちして、腕組みをしているように見える。

誰もいない夜の露天風呂で、いささか気分が開放的になっているのだろうか。

それはまあ、わからないでもない。

けれど脱衣所には、他の客の荷物は見当たらなかったはずだ。時間も時間だから、もしかすると従業員が関係者用の出入口から入浴に来ているのかもしれない。

きっとそうだ、と明さんは思いなして、入口のガラス戸を開いた。

背を向けていた人影がゆっくりとこちらを振り向いた。

うっ！　と声が出た。

車中で観た、あの動画の男だった。

動画で見せていた厳しい表情そのままに、男は明さんの顔を直視してくる。

こんがりと日焼けした顔と手足に比して、パンパンに迫り出した腹部はいやに生白い。

あの魔法陣のようなタトゥーも、右腕の同じ位置に確かにあった。

嘘だろ……と言いかけて、明さんは愕然とした。

男の身体がぐにゃぐにゃと歪み、縮んでいくのだ。

それはまるでコーヒーフロートのアイスが溶けるのを高速再生で眺めるようだった。その間も、男は明さんから目を離さなかった。顔が崩れて、目も鼻も口もわからなくなってもなお、男は明さんを見ていた。見られているとわかった。

一分もせずに男は完全に消滅し、あとには濛々《もうもう》たる湯気と硫黄《いおう》のにおいだけが残った。


旅行から戻った明さんは、翌日から働きに出るはずだったクリーニング工場に電話をかけ、採用を辞退した。

そうして現在に至るまで、日雇いの仕事をこなしつつ、ポルノ鑑賞に熱をあげている。

いつまでこんな生活ができるかはわからないが、そのときはそのときだ、と覚悟を決めているらしい。

丸山政也

2011年「もうひとりのダイアナ」で
第3回『幽』怪談実話コンテスト大賞受賞。
「奇譚百物語」「信州怪談」各シリーズ、
『怪談心中』『怪談実話 死神は招くよ』『恐怖実話 奇想怪談』など。
共著に『エモ怖』「てのひら怪談」「みちのく怪談」
「瞬殺怪談」「怪談四十九夜」各シリーズなど。

九人目

N子さんがホスピスに入院している祖母を見舞ったとき、眠っていた祖母がうっすらと瞼《まぶた》を開けて、

「わたしが九人目なんでしょう、このベッドで死ぬの」

突然そう呟いた。

「九人目って……そんなこと、いったい誰がいったのよ」

入院している患者にそんな言葉をいう者がいるとはとても思えない。

「誰って、黒い服を着た――」

ホスピスの担当医も看護師も黒いスクラブなど着ていない。第一、そんな言葉を絶対に口にするわけがない。

見舞い客の誰かなのか。だとしたら、なんて失礼なひとなのだろう。

「あなた、だったじゃない」

珍しく黒い服なんか着て、そういったのは――。

そんなわけが。

かつては黒い服を何着か持っていたが、着ているとなんとなく気鬱になるので、何年も前にすべて処分してしまったのだ。だからこのところはベージュや白や赤といった明るい色の洋服しか着ていない。

「私のはずがない。お祖母ちゃんにそんなことというわけないじゃない」

長い闘病生活で、祖母は妙な夢か幻覚でも見てしまったのだろうとN子さんは思った。

それから十日も経たないうちに祖母は亡くなってしまった。

通夜に駆けつけ、布団に横たわった冷たい祖母の顔を見ると、とたんに涙があふれ出た。自分にできることは他になかったのか、もっと一緒に話したかった、料理とか色々なことをたくさん教わりたかった、元気だったときに旅行に連れていってあげればよかったと、深く後悔の念に駆られた。

「ねえ、お祖母ちゃんはさ……本当に九人目だったの？」

知らず、そんな言葉が口を衝いて出ていた。

なんてことをいっているのか——と、我に帰ったとき、自分が黒い礼服姿であることに気づいた。これだけは処分せずに別のクローゼットで保管していたため、すっかり存在を忘れていたのだ。

先日、病床の祖母がいった言葉を思い出し、その妙な符号に背筋にひやりとした寒気を覚えた。

実際に祖母は九人目だったのだろうか、あのベッドで亡くなったのは――。

そんなことは一々施設のほうでもカウントなどしていないだろうし、もし仮に数えているひとがいたとしても、訊いたところで教えてくれるわけがない。

ただ、少し心の中にしこりというか、つっかえのようなものがあるんです、とN子さん。

以前、夢のなかで祖母にそんな言葉をいった記憶が、薄ぼんやりとあるのだという。

バイクと友人

ベトナムのホーチミンに住むホイさんが、朝のラッシュアワー時にバイクに乗って信号待ちをしていると、左の斜め前によく知った後ろ姿がある。

少し見える横顔はどう考えても友人としか思えなかった。鈍色《にびいろ》のヘルメットも、白いバイクの車種も、「59」で始まるナンバープレートにも見覚えがある。

だが、その友人はつい二日前に激しい交通事故によって亡くなっているのだった。バイクも大破して鉄くず同様になってしまったのである。

しかし、どう見ても本人としか思えない。と、そのとき、ホイさんのほうにちらりと一瞬振り向いた顔は、やはり友人そのものだったので、愕《おどろ》きのあまり思わず妙な声が漏れた。

慌てて手を振って名前を呼んでみるが、周囲のバイクのエンジン音にかき消されて少しも聞こえていないようだった。

まさかそんなはずはない。死んでしまったのはたしかなのだ。

仕事もそっちのけで後ろを尾いていくと、三キロも走った頃、バイクはある縫製工場の駐輪場のところで停まった。

ホイさんも構わず敷地に入っていき、バイクを降りるや、「おいッ」と声を掛けると、見ず知らずの中年男が跨っていて、いったいなんのことだというふうに小首を傾げながら不思議そうな顔をしている。

まったく似ても似つかない他人だった。体格も異なるし、こんな風貌の男ならば、そもそも見間違うはずはないのだ。どうしたことかヘルメットも先ほど見たのと違い、なぜか黄色に変わっている。

だが、男のバイクは先ほど目撃したのと同じものなので、これはいったいどこで手に入れたのか、と訊いてみた。すると、普通にバイクショップで買ったが自分はもうこのバイクに五年以上乗っている、というのだった。

同じ車種の白いバイクはそう多くは見かけないが、まったくいないことはないだろうし、考えてみると、ナンバープレートも最初の二桁の数字以外はうろ覚えでしかなかった。

どうやら壊れたバイクを直したのではないようだったが、もっとも、あれは修繕などきかないようなひどい破損状況だったのだ。

奇妙なのは、同じような出来事が週に一度ほどのペースで五回も立て続けに起きたことだった。

やはり朝の通勤時にバイクに跨った友人としか思えない者を見かけ、急いで後を追いかけて確かめてみると、毎回乗っている人物が違ったのだという。あろうことか女性のときもあったとのことだ。

ベトナムにも日本同様に仏教の四十九日の考えがあるという。死者の供養のため、その日が来るまで毎日仏壇に米を供えるのである。

そのことと関係があるのかわからないが、ちょうどひと月半ほど経つと、白いバイクも友人によく似た者も、とたんに見かけなくなったそうだ。

三月二十日

Yさんの息子は四歳の頃、夜中に突然、気持ちが悪いといって泣き出した。どうしたのかと思っていると、すぐに布団のうえに嘔吐をしたので、これは幼児に多いウイルス性の胃腸炎ではないかと心配になった。

しかし春休みで幼稚園はこのところ行っていないのだし、いったいどこで感染してしまったのかと不思議に思った。ひとの多いところに連れ出したということもない。吐いてしまうと何事もなかったかのようにケロリとして再び寝始めたが、しばらく経つと、また起き上がって気持ちが悪いという。

すぐにキッチンからボウルを持ってきて「ここにしていいんだよ」と優しく背中をさすると、息子は眼を腫らしてうなずきながら再び大量に吐いたが、そのなかに黒々と妙なとぐろを巻いたものがある。

夕飯にこんなものを出した覚えはない。慌てて割り箸を持ってきてつまみ上げてみると、それはどう見ても長さが二十センチはありそうな一房の人間の髪の毛だった。

息子は床のうえのものをなんでも口に入れてしまうような年齢ではないし、Yさん自身はもう何年も三ミリの丸刈りである。それに昼間面倒を看てくれているYさんの実母はウェーブがかった鮮やかなグレーの髪色なのだった。

その日は、幼な子を自宅に置いたまま妻が忽然と姿を消してしまってから、ちょうど丸二年目に当たる三月二十日だった。

妻は精神的にやや不安定なところはあったが、いなくなる前日まで甲斐甲斐しく息子の世話をしていたのだし、夫婦関係もいたって良好と思っていたので、突然の失踪はまさに青天の霹靂《へきれき》で、Yさんは茫然自失したのだった。

警察で行方不明者届は出したものの、いまだに妻は見つかっていないという。

フロストガラス

医師のKさんは医学部の三回生だった頃、夏休みを利用して南アジアの某国にひとり旅をしたそうである。

到着して何日か経った頃、首都のメインストリートを歩いていると、路傍に横たわる人物をKさんは見た。

ひどい暑さのせいだろう、その地にあっては少しでも涼しい場所があれば、ところ構わず寝そべる者は特段珍しくはない。だが、遠眼にもなにか妙な違和感があった。

そこは建物の庇《ひさし》もなく日陰でもなんでもないのだから、容赦なく日光が照りつけているのだ。あんな場所で寝るというのは普通ではない。

もしかしたら具合でも悪いのだろうか。

まだ医学生とあって役に立てることは少ないかもしれない。しかし、病気で倒れているのなら、黙って見過ごすことができなかった。

次第に近づいていくと、その理由がわかって、とたん、声にならない声が漏れ出た。

それは半裸の人物だった。

腰のところに申し訳程度にボロ布が巻かれているが、男なのか女なのかまったく性別がわからない。もっともその風体からすれば男性と察せられたが、たしかにそうだと断定することができなかった。

なぜなら横向きに倒れたその背中の表面が、まるでフロストガラスのように乳白色に曇り、半分透けたようになっているからだった。しかもあろうことか、皮膚の下の白い骨が見えているのである。

一瞬、白骨化した死体なのかと思ったが、そんなはずはない。もしそうだとすれば骨は地面の上に崩れて四散しているはずで、第一、行き交うひとたちがいくらなんでもそのまま放置しておくわけがない。

それにこの躯《からだ》には半ば透けているものの、皮膚らしきものはたしかにあるのだし、わずかばかりの脂肪や肉の厚みが感じられるのだ。

それればかりではない。

躯の正面にまわり、腰を屈めてつぶさに観察してみると、肋骨の内側から下腹部にかけてピンクや茶褐色に色づいたいくつもの臓器のようなもの、また躯中に巡らされた太い血管、毛細血管に至るまで、眼を凝らすとうっすら見えているのである。

果たしてこんな人間が世の中に存在するものだろうか。

自分の知る限り、どう考えても医学的に説明がつかない。どういった目的かわからないが、もしかしたら精巧な人形なのではないのか――。

と、そんなふうに思っているると、その横たわった者が突然、ごふんッ、とひとつ咳払いをした。まったく予期していなかったため、Kさんは愕きのあまり背後に尻もちをついてしまった。

その人物は時間を掛けながらよろよろと立ち上がった。Kさんは固まったまま、その一挙手一投足を背後から見守っていたが、どうやら異臭漂う近くの大河に沐浴《もくよく》をしに向かったようだった。

Kさんは大学病院の医局を経て、近畿地方の総合病院に勤務し、現在は地元である関東の、とある限界集落で診療所長を務めている。

これまでの長いキャリアのなかで様々な患者に接し、仕事柄多くの遺体も見てきたが、あのときの人物のような躯を持つ者には、これまで一度も出会ったことはないそうである。

水たまり

五年前の夏のこと。

主婦のM美さんが授業参観からの帰り道に小学校近くのスーパーマーケットで買い物をしていると、突然強い雨が降り出した。

ゲリラ豪雨である。

もっとも朝から怪しい空模様だったので折り畳み傘は持っていたが、雨の勢いが強すぎるため、店内に設けられたイートインコーナーの席で天候が落ち着くまで休んでいくことにした。

三十分ほどすると外が明るくなってきたので空を見上げてみると、晴れ間が出て雨も完全に止んでいる。

店を出て、家路へ向かうため国道の横断歩道を渡っているとき、道路に大きな水たまりができていた。そのまま進むと靴が濡れてしまうので、歩道の白い線からはみ出して歩かないといけないほどだった。

ゲリラ豪雨だからといって、こんなに水はけの悪い道路は苦情が出ないのだろうかと訝《いぶか》りながら避けて通った瞬間、M美さんはそこに信じられないものを見た。

水たまりのなかに無数の人間の顔がひしめき、揺らめいている。

風を受けてそれぞれの顔は歪んでいるが、若い男性や禿頭の老人、母親によく似た高齢の女性、無邪気そうな子どもたち、自分と同世代ほどの中年女性──と、信号が点滅しているので急いでいたにもかかわらず、なぜかはっきりとわかったそうである。

そのとき、近くに歩行者はひとりもいなかったという。

パンプス

Rさんは突然、夜中に目覚めてからすっかり眠れなくなってしまった。

枕元のスマートフォンを手に取って、SNSをチェックしたり、動画サイトを見たりしていたが、そうこうしているうちに夜が明けて、うっすらと窓の外が白み始めた。

動画を停止してスワイプするとホーム画面が現れた。

すると、ネットバンクの四角いアプリのアイコンのうえに、なにか黒い小さな影がもぞもぞと蠢いている。虫だろうかと指先で払ってみるが、少しも消える様子がない。

薄暗い部屋のなかで何時間も明るい画面を見つめていたとあって、飛蚊症《ひぶんしょう》のようなものかと考えた。

——と、そのとき、黒い影がまるで無理矢理に蟻を立たせたようなシルエットを作り、やがてそれは明瞭としたヒトガタになった。

その小さなヒトガタは、アイコンのうえの縁に尻をのせて下を覗きこみながら、ぶらぶら、ぶらぶら、と足を揺らすような仕草をする。その動きにともなって両方の足先から靴のような黒い小さな影が画面の下に落ちていく。

待ち受け画面をアニメーションのように設定した憶えはない。

不思議に感じながら見ていると、次の瞬間、今度はその黒いヒトガタが、画面の下のほうに向かって頭から落ちていった。

なんだ、今のは――。

そう思った束の間、画面の中央部分に鼻血が垂れたような赤い丸ができている。それが滲むように画面全体にじわじわと拡がっていく。慌てて鼻孔にティッシュをあてがってみるが、血など少しも出ていなかった。

視界に異常でも来したのかと、手で瞼をこすって再び画面に眼を落すと、黒いヒトガタも赤い色もどこにも見当たらない。

やはり気のせいだったのかと、寝床から抜け出して、顔を洗ったり、朝食を摂ったりしているうちに、先ほどの妙な出来事は忘れてしまっていた。

二時間ほど経った頃、出勤のために自宅アパートを出た。

駅への近道である猥雑な路地に折れると、どうしたわけか何台もの警察車両が停まって道路を封鎖している。近隣の住人とおぼしき野次馬も集まっていて、なにやら神妙な顔で話し合っていた。

そのうちのひとりがいきつけの定食屋の親仁《おやじ》だったので、Rさんは挨拶がてら、いったいなにがあったんですか、と尋ねてみると、明け方にこの眼の前の雑居ビルの屋上から若い女性が飛び降りたというのだった。

そのときに脱げたのだろうか、ストラップの付いた黒いパンプスの片方が、まだ路上に転がっていたそうである。

二度死んだ男

米国ペンシルベニア州に住むライアンさんの話。

ライアンさんの曾祖父であるクリスさんは、第二次世界大戦時にノルマンディー上陸作戦に参加したという。一九四四年六月六日のことである。

ナチス・ドイツに占領されたフランス北部の海岸に、アメリカ・イギリス・カナダなどの連合国軍が奇襲で上陸した、現在に至るまで歴史上最大規模といわれる軍事作戦だった。

クリスさんは三十名ほどで上陸用舟艇に乗っていたが、ドイツ軍の機銃弾が乗船していたひとりの兵士の手榴弾に偶々《たまたま》命中してしまい、爆発してしまった。

それがきっかけで舟艇は煙を巻き上げながら炎に包まれたが、乗組員たちは必死に消火活動をし、かろうじて鎮火することに成功した。

なんとか戦艦に帰還することができたが、そのうちの一名は激しく全身にやけどを負ってしまい、しばらくのうちは息があったが、数時間後に死亡が確認された。

それはクリスさんと同郷の兵士で、年頃も同年代だったためか、部隊のなかで一番気の合う男だった。

身長は二メートル以上、体重も百二十キロは優にありそうな巨漢の男だったが、部隊の危機は俺が救うのだと常々息巻いていたほどだったので、そのあっけない死に様にクリスさんは愕然とした。もっとも状況を考えれば、自分もいつ同じようになるかわからないのだから、あいつはただ運が悪かったのだと、唇を噛みしめながら自分に言い聞かせた。

再度の試みで無事に上陸したものの、海岸沿いには『チェコの針鼠』と呼ばれる鋼鉄製の巨大障害物がいくつも設置されているため、戦車などの車両を揚陸させても容易に前進することが叶わなかった。

ドイツ軍の反撃は苛烈さを増し、市街地では一時間ほどのうちに数百人が銃撃や手榴弾、砲撃などで命を落としていく。それぞれの民家に隠れた敵兵が、屋内の高いところから照準を定めながら狙撃してくるのだから堪《たま》ったものではなかった。往来は死屍累々《ししるいるい》といった体で、まさに地獄絵図の様相だった。

ナチスからフランスを解放する大義を掲げたクリスさんたち連合軍は、そんな困難にあっても勇猛果敢に前進を続け、飛び交う銃弾をかい潜りながら敵兵が占拠している建物に忍び込んだ。そこから民間人を助け出すと、腕に抱えたM1ガーランドを手当たり次第にぶっ放してドイツ兵を駆逐していった。

ひとしきり制圧して移動しているとき、崩れかけたブロック塀の脇に眉間に銃創を受けた無残な死骸が横たわっているのを見た。

自軍の兵士である。

ＭＰ４０で撃ち抜かれたとおぼしいその顔をみるや、クリスさんは思わず叫び声を上げずにはいられなかった。

それは部隊で一番気の合う同郷の男だったからである。

しかし、その男は最初の上陸作戦時に舟艇の火災で全身にやけどを負って死んでしまっているのだった。こんなところにいるはずはないのだ。

ひと違いだろうと思ったが、こんな体格の大男はそういるものではない。それに発達した割れ顎や、唇のすぐ左下にある大きな茶褐色のほくろも、あの男の特徴と寸分違わず合致していた。

屈んで首元の認識票《ドッグタグ》を引っ張り出してみると、やはりひと間違いではない。よく知るアイツだった。

これはいったい、どういうことなのだ。

なぜひとりの人間が二度も死んでいるのか——。

やけどで死んだのは、たしかに奴だった。この眼で見たのだから、それは間違いない。

そして今、俺の前に横たわっている、この銃撃を受けて絶命しているのも同じ男なのだ。

偶然同じ名前だというのか。いや、こんな特徴的な風貌の、同姓同名の人間などこの世にふたりといるわけがない。

しばらく蹲《うずくま》ったまま動けないでいたが、移動を余儀なくされ、仕方なくその場を後にしたそうだが、あれはなんだったのか、なぜあの男はひとつの作戦のなかで二度も死んでしまったのか、いったいどんな理屈であんなことが起きているのか、不可解でならなかった。

戦後すぐにクリスさんが調べてみたところ、やはり件の男はノルマンディーの作戦時に上陸用舟艇での火災が原因で亡くなったと記録されていることがわかった。

それから数年経った頃、クリスさんは遺族の元を訪れ、生前の戦友の思い出を色々と語ったそうだが、自分が目撃した二度目の死に関しては、喉元まで出かかったものの、最後まで話すことはできなかったそうである。

藪の中

「だいぶ以前のことですが、首つり自殺の遺体を見つけたことがあるんです――」

社会保険労務士のTさんはいう。

そのときに起きた妙な出来事がどうしても納得がいかず、二十年以上経った現在でも忘れることができないのだそうだ。

それはこのような体験だった。

大学の四回生の夏期休暇のとき。

久しぶりに実家へ帰省したTさんは、幼い頃によく友だちと遊んだ河川敷にふらりと出掛けたという。

なぜそんな気になったのか、今となっては覚えてはいないが、そこへ行くのは子どもの頃以来のことだった。

しばらく林道を歩いていたが、ふと脇の、木立の生い茂る藪《やぶ》の中が気になった。

枝を折りながら歩いていく。二十メートルばかり進んだ、そのときだった。

太い柳の幹に背中をもたれかかるようにして、鶯色《うぐいすいろ》の作業着を身につけた中年の男が枝に紐を引っ掛けて縊《くび》れていた。

思いもかけない光景にTさんは俄かに緊張を強いられたが、すぐに携帯電話を取り出して、その場で警察に通報をした。さすがに愕きはしたが、それほど動揺はしなかったそうだ。

とはいえ、遺体の前で待つのも厭《いや》なので、藪から抜け出て警察が来るのを待っていると、しばらく経ってパトカーが一台やってきた。

Tさんは警察官たちに経緯を説明しながら皆で現場に向かってみると、どうしたわけか、首を吊っているのは作業着の男ではない。

どう見ても、まだ十代半ばほどにしか見えない学校制服を着た女子学生が、先ほど男が首を吊っていたまさにその場所で、青白い苦悶の表情を浮かべながら力なく項垂《うなだ》れているのだった。

いくらなんでも中年男性と若い女性を見間違えるはずがない。

話した内容と眼の前にあるものがあまりにも食い違っているため、Tさんのことをなにか怪しいと考えたのだろう、Tさんは警察署に連れていかれ、繰り返し事情聴取を受けたが、自分が見たもの以上のことなど話せるはずがなかった。

なぜ縊《い》死体が変わってしまったのか——そんなことは自分が一番知りたいことだった。

だが、その日のうちに女子学生の遺留品のなかに直筆とおぼしい遺書も残っていることがわかった。また家族や友人たちに自殺をほのめかして失踪していた事実も判明し、それでようやく身柄が解放されたそうである。

「この話を聞いて、やっぱり私の見間違えだろうって思うでしょう。でもね、男の作業着の胸に、カッコの付いた前株でなんとか工業という社名が刺繍《ししゅう》されていたんですよ。ええ、はっきり覚えているんです。でも警察にそんなことを話したら、また面倒なことになるのでいいはしませんでしたが――」

ところが最近、高等専門学校を卒業したTさんの次男が、地元のあるゼネコンに就職したという。それがB工業という社名で、作業着にもカッコの付いた前株で社名が刺繍されているそうである。

「いや、なんとなく似ている、というだけなんですけどね」

どこか自分に言い聞かせるような口調で、Tさんはそう語った。

名を呼ぶ

麻希さんが中学生だったある日、幼稚園や小学校低学年のときのことをふと思い出していると、あの頃いつも困ったことがあると助けてくれた女性がいた記憶が突然よみがえった。

あれはいつのことだったろう、お使いの帰途で道に迷ってしまったことがあった。

それほどの遠出ではなかったが、家の方角がわからなくなってしまい、道路の端に腰を下ろして泣いていた。

すると、どこからともなくひとりの若い女性が現れて、優しく手をつないで麻希さんの自宅まで送り届けてくれたのだった。

また別の日にはこんなこともあった。

半日ばかり家の留守番をすることになり、なんとなく不安な気持ちでいると、知らぬまに例の女性がリビングのソファに端然と座っていて、優しく微笑《ほほえ》んでいる。

あっおねえさんだ、と思っていると、女性は立ち上がって麻希さんの部屋に行き、絵本を数冊持ってきて何時間も読み聞かせてくれたことがあった。

すぐに思い出せるのはこのふたつの出来事だったが、振り返ってみると他にも様々な場面で現われては、ごく自然な感じ――まるで家族かなにかのように助けてくれたことを憶えている。

もっとも幼少期のことでだいぶ時間が経ってもいるので、風貌はぼんやりとしか思い出すことができない。

女性はほっそりとした痩躯《そうく》で、いつも上下ともに水色の服を着ていたような記憶がぼんやりと残っている。今にして思えば、あれはワンピースのようなものだったのかもしれなかった。

だが、身の回りの歳上の女性たちを思い浮かべてみても、このひとがあのときの女性だと思い当たる人物がひとりもいない。

あれはいったい誰だったのか。事情を説明して母親にも尋ねてみたが、そんなひとがいたこと自体、今まで知らなかったというのだった。

それきり女性のことはまた忘れてしまっていた。

その後、高校受験を経て志望校に無事進学することのできた麻希さんは、早々に硬式テニス部へ入部した。

そこはテニスの強豪校だったため部員も百名を超える大所帯で、麻希さんたち新入部員も三十数名ほどいたという。

そのなかに抜きん出てテニスの上手い女子生徒がいた。

入学したばかりの一年生にもかかわらず、部のエースである三年生のキャプテンが何度手を合わせてもまったく歯が立たない。

その女子生徒は身長が一七〇センチ近くあり、体幹のしっかりした躯つきをしていて、二の腕やふくらはぎなどは麻希さんの一・五倍はあるのではないかと思えるほど筋肉が発達していた。アスリートになるために生まれてきたような肉体の持ち主だった。

本人いわく、テニスは小さい頃に一年半ほど趣味程度に習っていたとのことだったが、本格的にやっていたわけではなく、長いブランクもあるのだから、少し練習したぐらいで三年生のエースに勝ってしまうなどということは到底ありえない話だった。

それほどの力量があったため一年生のうちから大いに期待され、他校との練習試合でも実力者相手に勝ち続けたので地域ではちょっとした有名選手になったが、なぜか大会の直前になると風邪をひくなどして体調を崩してしまい、公式の対外試合に出場する機会になかなか恵まれなかった。

女子生徒と麻希さんはクラスが異なったが、部活が同じことで一緒に話しながら帰ることが多かった。そのうちにすっかり打ち解けあって、休日になると一緒に都内の繁華街へ買い物に出掛けたり、試験前にはお互いの家に菓子を持ち寄って勉強したりするほどの仲になった。ともにひとりっ子という共通点もあって、性格が少し似ていたのかもしれない。

ところが――。

高校二年生の初冬のある日、友人が学校を休んだので、また具合でも悪くしたのかと麻希さんは思った。

ところが、それから何日も学校に来ないため、心配になった麻希さんはメールをしてみると、だいぶ経った頃に返信が来て、体調が悪いので病院へ行ってみたらそのまま検査入院になってしまったというのだった。

それを聞いて益々心配になった麻希さんだが、今はただその検査結果が出るのを待つしかなかった。

数日後に友人から電話が来て、ある病に侵されているらしいと告げられた。

その病名を聞いたとたん、携帯電話を持つ手が震えているのが自分でもわかった。

それは完治の困難な病気とされており、五年生存率は半分にも満たない。それも友人が罹患しているのは急性のもののようで、治療を放置していれば早くて数週間、長くても数か月で死亡してしまう可能性があるとのことだった。

友人はそんな深刻な話をまるで他人事のような口調で話したが、誰よりも本人が不安で堪らないだろうことは否応なく察せられた。麻希さんも動揺を努めて表さないようにしたが、却ってそれは逆効果だったかもしれないと後に思った。

友人のクラスの担任教師はその病名と長期入院することを生徒たちの前で話したとき、泣き出す女子生徒もいたことを麻希さんは聞いた。また、皆でお見舞いに行くと病院やご家族に迷惑になるのでクラスの代表者が寄せ書きを持っていくように教師は提案したとのことだった。

もっとも麻希さんはクラスメイトではないのだし、それまでにも何度か見舞いには行っていたので、私には関係のないことだと、今まで通り、週に一度は病室に顔を出すようにしていた。

友人も麻希さんが来るのを楽しみにしていたようで、時折、追試があったり部活が忙しかったりして行けないときがあると催促のメールが来るのだった。

高校三年生の夏休みのことだった。

大学受験を控えていた麻希さんが図書館で勉強をしていると、バッグのなかの携帯電話がマナーモードで着信を知らせた。

誰からだろうと画面を見ると入院している友人からだったので、慌てて外に出て通話ボタンを押した。

「ごめんね、今図書館で勉強してたんだ」
するると、少し間があった後、

「麻希さん？　私、本人じゃなくて母親です。ごめんなさいね、勉強中に。実はね、うちの子が――」

危ないのだという。急変後、何十時間も意識がない状態が続いており、担当医から覚悟をしてくださいと告げられたというのだった。

なぜそんな大事なときに麻希さんに電話をしたかといえば、娘がまだ普通に話せていた頃、もしも自分が本当に危険になったら麻希さんをここに呼んでほしいと頼まれたというのだった。

学校で唯一の友人――親友といえるのは麻希さんだけだった、だから最期に会いたいというのである。

それは麻希さんにしても同じだった。学校に仲の良い友人は他にもいるが、なんでも話せる親友と呼べるのは、この病床の彼女しかいなかった。ひそかに抱えている悩み事や恋の話を今まで何回したかわからない。

現在、病室には家族しか入れないことになっているが、特別に麻希さんも入室できるようにしてあるとのことだった。

「わかりました。すぐに伺います」

電話を切ると、荷物だけ取ってその足で病院に急いだ。

ベッドのうえの友人は躯中に様々な機器が取り付けられ、鼻にも人工呼吸器のチューブが差し込まれていた。

かろうじて生かされている——そんなふうに見えた。

友人の顔はまるで別人のように痩せ細っていた。

このところ忙しくしていて見舞いに来ることができないでいたが、最後に顔を出してからわずか十日ばかりの間でこんなにも人間は変わってしまうものかと麻希さんは愕いた。

布団で躯は隠れているが、その厚みもだいぶ薄くなっているように感じる。

もしかして違うひとなのではないかと慌ててベッドのネームプレートを見るが、やはり本人で間違いない。

病室の窓際に友人の両親が立っていたので、麻希さんは深く頭を下げた。

ふたりとも意外なほど落ち着いているように見えた。

もっとも、こんな状態が長く続いていれば気持ちも休まらず、ろくに眠ることもできないだろうから、だいぶ疲労しているのに違いなかった。あるいは——半ば諦めてしまっているのかもしれないと麻希さんは感じた。

「しお、しおッ」

いつも呼んでいる友人の愛称で問いかけてみるが、なんの反応もない。眉ひとつ動かないので、やはりもう意識は完全になくなっているのかもしれなかった。

すると、そばにいる看護師の女性が、聞こえてはいると思うからどうか話しかけてあげてください、といった。

「……しお、あのさ、今勉強してるんだけど、数学が全然わからなくて困っているの。ほら、しおは数学がすごく得意だったよね。だから教えてほしいんだ……ねえ、眼を覚ましてよ、一緒に勉強しようよ。同じ大学に行くって約束したじゃない？　ふたりとも合格したらさ、また渋谷へ買い物に行ったり、カラオケ行ったり、映画観に行ったりしようよ。そうだ、しおが大好きなパンケーキの美味しい店も探しておくから――」

それまで背後で見守っていた彼女の両親が、突然、堰を切ったようにむせび泣き始めた。母親はもうこの場には立っていられないといった様子で、それを父親が必死に両腕で支えていたが、彼自身も押し寄せる感情を堪えることができず、肩を揺らしながら嗚咽した。

「ねえ、しお、しおりッ！」

友人の名を麻希さんが大声で呼んだ瞬間、あの幼かった頃に自分のことを助けてくれたのは、今この眼の前にいる友人ではなかったのかと、ふとそんな馬鹿げたことが脳裏をよぎった。

いや、それはけっして突飛な妄想ではない。

あの頃、自分はいつも助けてくれる女性のことを「しおりおねえさん」と呼んでいたのではなかったか。そうだ、たしかそんなふうに呼んでいたのだ。

当時、私は女性のことを「しおりおねえさん」と呼び、膝まくらをして甘えたり、流行《はや》っている歌を一緒にうたったり、あやとりをしたりしたのだ。

そんな大事なことを今までどうして忘れていたのだろう。

友人の顔はずいぶんやつれてしまっているが、あのときの女性によく似ていた。はっきり断定することはできないが、一旦そんな考えに囚われると、絶対にそうだとしか思えなかった。

あのとき女性が身に着けていた衣服は、ワンピースではなく、彼女が今着ている入院着だったのではないか。色もたしかこんな水色だったのだ。

「早く眼を覚ましてなにかいってよ。麻希っていつもみたいに私の名前を呼んでよ……ねえ、しお……しおり……おねえさん――」

享年十七歳だったそうである。

雨宮淳司

医療に従事する傍ら、趣味で実話怪談を蒐集する。
『恐怖箱 怪医』で単著デビュー、
続く『恐怖箱 怪癒』『恐怖箱 怪痾』で
病院怪談三部作を完結させた。
その他主な著作に『怪談群書 墜落人形』、
四大元素シリーズ『恐怖箱 哭塊』『恐怖箱 颪怨』
『恐怖箱 水呪』『恐怖箱 魔炎』など。

共に闇を駆ける

玉城君は元々温和《おとな》しい子供で、一人遊びをすることが好きだったという。

たまに近所の女の子と、嬉々《きき》としてままごとをやっていたそうだ。いつまで経っても広いところが嫌いで、歓声を上げて走り回っているような子供とは、ずっと反《そ》りが合わなかった。

そんな風な性格はなかなか変わらず、やがて運動が苦手で、同等に友人関係を築くのがぎごちない暗めの少年になってしまった。

中学一年の時の担任の先生が日本史の担当だったのだが、地方史家でもあって地域の遺跡などをよく知っていた。

クラスになかなか馴染まない玉城君を心配したのか、何度か県立の歴史資料館にも連れて行ってくれた。

何でかというと、学級新聞の自己紹介欄に「好きなもの——縄文《じょうもん》」と書いてしまって悪目立ちしてしまい、すっかり古代史オタクのキャラクターだと認知されてしまっていたのだった。

けれども、本当に縄文の遺物は図鑑を持っているくらい好きだった。

特に火焔《かえん》型土器、王冠型土器、様々な土偶《どぐう》。

……その写真を眺めているだけで時を忘れた。


ある時、一人で歴史資料館に行った。そもそも玉城君のいる九州には縄文時代の遺跡は少ない。鹿児島の遺跡からは土器などが多量に発見されたが、どうも東北地方や新潟から出土したデザインのものには見応えが及ばず、あっさりめといった感じのものが多かった。

それらも一応鑑賞したが、お目当ては火焔土器と遮光器《しゃこうき》土偶のレプリカと、黒曜石《こくようせき》で作られた石器類だった。

幾らでも、うっとりと眺めていることができる。

この胸の高鳴りは何なんだろう……と、ナイフ型の石器を見ていて思った。

その切っ先で自分の皮膚を切って、血玉が出来る様子がありありと頭に浮かんで、少し自分でおかしくなっているなと思った。

鑑賞を切り上げて、順路を辿っていると屋外に出た。

一息ついて、辺りを眺めてみる。標識が幾つもあって、どうも野外展示というものもあるらしい。

一角に各地から出土した石人・石馬のレプリカが並べられていた。石人・石馬とは古墳に並べられていた石像のことで、つまり石製の埴輪《はにわ》で様々な種類がある。写真で見たことのある武装している石人像は高さはおよそ等身大で、想像していたよりもかなり大きなものであった。

その時、ふと日差しが翳《かげ》った。

そう思ったのだが、何だか視界に何かが一枚差し込まれて、フィルターがかけられたような感じに思えた。

真昼なのに、夕間暮れのような空気感になっている。

影が長く、濃い。

並んでいる石像の背後の辺りに、人の気配が蟠《わだかま》って、黒っぽい何者かが潜んでいる気がした。

大人数だ。

しかも……。

全く何故に自分が察知できるのかも分からないが、武装している者にしか漂わせることが出来ない殺伐としたものを濃厚に感じた。

刃物の存在を感じる。

一瞬、一人の男の髭面《ひげづら》が石像の影から生えるかのように突き出したと思ったすぐ後、一斉にその異様な気配と大勢の人影は消えてしまった。

はっとして周りを見回すと、子供連れや学生の行き交う、日常の風景があるだけだった。

これはひょっとして、古代人の幽霊を見たのではないかと思った。

同じ様なことはその後起こることもなかったが、男子の付き合いで怪談話を強要された時には、この時の話をした。

すると大抵、

「幽霊三百年寿命説ってあるらしいから、その見方はちょっと古すぎるんじゃね？」とか、「落ち武者だって朽ちてきているらしいから、さすがに縄文人はなあ」などと言われて否定された。

まあ、別に否定されても幽霊の話などに特別拘《こだわ》りはなかったので、どうでもよかったのだが……。

学校の成績は平々凡々としたものだったが、高校は志望校に進学できた。

と言って、特に何かに打ち込むということもないのだが、その頃には体重が増えすぎて、明かな肥満体型になってしまった。

単純にジャンクフードの食べ過ぎである。

三歳違いの妹、咲良《さくら》が口うるさく批判してくる。

「少しは外に出て運動しなさいよ。際限なく太るつもり？　恥ずかしくて兄貴だって誰にも紹介できないでしょ？」

聞き流していたが、健康診断でⅡ型糖尿病のリスク状態にあると告知されてしまい、そうも言っていられなくなった。

家族全員の監視下で食事のカロリー制限が始まり、有酸素運動を何かやらねばならなくなった。

しかし、ジョギングくらいしか思い付かない。

仕方なく、人目の少ない夜中に走ることにした。


通販で買ったシューズを履き、派手なオラオラ系のセットアップジャージを着込んでよたよたと走り出した。

ジャージは全然好みではないのだが、他に合うサイズのものが見当たらなかったのだ。

スタートダッシュだけは、まるでどこかに夜襲をかけるかのようで、いい感じだと思ったのだが、案の定すぐに限界が来た。

五分も経たないうちに息が切れ、脇腹が痛み出した。

これは仕方がないなと思い、残りの行程は半分くらいを残して家へ帰った。

シャワーを浴びて就寝すると、普段やらないことをしたので疲れたのか、瞬く間に寝入ってしまった。

そして夢を見た。

どこだか分からない森の中、深い茂みがあり、その奥から黒っぽい裸の影がぞろぞろと並んで出てくる。

「ああ、あの時の古代人だな」と、思っていると、影の一人から何か手斧のようなものを手渡された。

……ああ、この持ち手の手触りは……。

明らかに、「首刈り斧」だと思った。

影の男は玉城君がそう理解したのを喜んだようで、しきりに身振り手振りで何かを伝えようとした。

……なるほど、下顎《したあご》を奪うにはそこを抉るのか……。

いつの間にか男性の屍体が路上にあり、教えられた部位に斧を打ち込むと、下顎が外れる乾いた音がした。

うまくいったのが嬉しくて、手斧をくれた男の方を向き更にそれを振り上げたところで、ふいに目が覚めた。

寝起きに少し吐き気がした。血生臭い空気感まで記憶していて、尋常な夢ではない。それに、勝手に古代人が「首狩り」をやっていたかのような認識になっているが、そんな証拠は無いはずだった。

それとも……実際はあったのか？

図書館から古代人の受傷人骨に関する研究本を借りて読んでみたが、頭部破壊の例などは見つけたが、首を損失した遺骨の例は見当たらなかった。

その後の調べ物も進捗が無く、モヤモヤした気分でいるうちに、夢を見た日から二週間が経過した。

夜の走る時間になった。

家族にはっきり言って監視されているも同然なので、どうしても続けざるを得なかった。初日に比べると、明らかに体は軽くはなっていた。だが、帰りは相変わらずへたばってしまって歩きである。

着替えて表に出ると、咲良がそろそろ飽きてくる時期だと見越していたのか、自転車に乗って待ち受けていた。

「さあ、張り切っていこう！」

「いいよ、一人で走るよ」

「軌道に乗るまでお付き合いします。折角体重が三キロ減ったんでしょ？　五キロまで頑張れ」

　引き揚げる様子が無かったので、仕方なく走り出した。

　電動アシスト自転車の走行音を背後に聞きながら暗澹とした気分で走っていると、いつものギブアップ地点に近づいて来た。

「もう、ほとんど歩いてるじゃん」

「……」

　悔しいが、やはりそうそうお手軽に持久力なんて付くものではない。タオルで汗を拭い前屈みになって喘《あえ》いでいると、道路上の遠くで誰かがこちらを伺っているのが見えた。

　街灯も少ないのに、何か……手槍を持ったような人影が手を振って自分を差し招いている。

　……いや、そんな馬鹿な。

　もう一度見る。……やはり、誰かがいる。

そして、その人影はふいに向こう側へと走り出した。

歴史資料館の庭で見かけた人影に似ている。

そして、夢にも現れたあの裸の姿。

……古代人？

玉城君は思わず後を追った。

「え、あ？　ちょ、急に何でダッシュ？」

歯を食いしばって走る。

前を走る人影は、おどけたかのようにぐにゃぐにゃと蛇行して走っていた。

尻も振っている。

「畜生！　顔を見せろ！」

精一杯のダッシュで、もう少しで追いつきそうになった時。

男は急に方向転換して、側溝を飛び越え、民家の生け垣の間をすり抜けるようにして姿を消してしまった。

ゆるゆると立ち止まり、吹き出る汗を拳《こぶし》で拭《ぬぐ》う。

「インターバルトレーニングなの？　まあ確かに効果があるっていうけど、急にやらないでよね」

追いついてきた咲良が、不満げに言った。

「あれを見たか？」

「え？」

「俺の前を誰か走っていただろう？」

「いや、誰もいなかったよ」

「裸族みたいな男がいただろう」

「いないって。……ウルトラマラソンなんかじゃレース中に幻覚が見えることがあるらしいけど、これくらいの距離でそれはやめてよね」

そして、また夢を見た。

深い森の中、小さな焚き火を囲んで黒く靄《もや》ったような、朧《おぼろ》気《げ》な人影が輪形に座していた。唸《うな》るような低音を各自各様に発している。何かの儀式なのか……あるいはいつもこんな風で、鼻歌みたいなものなのか。

相変わらず周囲は視界が制限されている感じで、見えるようで微妙に見えない。

ただ、正面の男の顔だけは、焦点が合っているようではっきりと分かった。

双眼には蒼白い……多分、殺人者の……揺らめく光を宿している。

その男が、じわりと動いて、指で自分の額を指差した。

そこには十字形の青黒い刺青が、横に五個並んでいた。

そうか、と玉城君は思った。

この人は、五人の首を狩ったのか。

「凄い」と、思わず言うと、男は破顔して酷く喜んだ。

深い皺《しわ》でくしゃくしゃになったその笑顔が深く印象に残った。


二度目の夢を見た頃から、ジョギングに嵌《は》まりだした。

流して走るのとダッシュを繰り返す自己流のものだが、三ヶ月で十五キロ余り体重が落ちた。

ギブアップ地点が消失し、全コースを走れるようになった。

もう少し、距離も伸ばせるかもしれない。

ある日、いつものように零時過ぎに家に帰ると、ちょうど玄関にいた咲良と出くわした。

玄関ドアを開けた瞬間に、酷く怯えた様子で身をすくませたので、

「どうした?」と訊くと、

「今、怖い顔をしてた」と言う。

「……怖い顔？」

「何というのか……獣みたいな」

「……」

最近、走っている時に何となく自分が笑っているんじゃないかということは自覚していた。勝手に頬が歪んでくる。

何かを追っているような、何かを追い詰めているような、高揚した気分が湧いてくるのだった。


ある日、折り入って話があるからと父親の書斎に呼ばれた。

そんなことはかつてなかったので、胡乱《うろん》げに部屋の隅に置いてある椅子に座っていると、

「お前ももう大人だから、一応うちの一族のことについて話しておこうと思ってな」

と、言って父親は机から向き直った。

「一族？」

「お前が生まれた年に亡くなったお前の爺さんは、終戦時に曾爺《ひい》さんに連れられて外地から引き揚げてきたんだが、その外地というのはフィリピンだったんだ」

「ふうん？」

フィリピン？　全然馴染みのない土地だ。

「一九〇三年頃に、フィリピン北部……ルソン島で未開地を通すベンゲット道路というのが計画された。大規模インフラ事業だな。それに参加するために渡航した日本人が大勢いた。当時、不景気で内地には仕事が無かった。だから、そのまま移住する覚悟だったのだが、これに爺さんの先々代が応募したんだな」

数はおよそ五千人、これを「ベンゲット移民」と言った、と父親は続けた。

「で、工事終了後その先々代は農地を買って現地で結婚し、家庭を持ったわけだが……」

「……」

「妻はイゴロットと呼ばれる先住部族の娘だった」

「イゴロット？」

「スペインに統治される以前からいる原住民だな。ルソン島北部のコルディリェラ山脈辺りにいる。他にも様々な少数部族がいるんだが、定住して平和に暮らしているイゴロットは日本人と相性が良かったらしく、移住者とも結婚する例が多かった。つまり……」

「俺にもイゴロットの血が流れていると？」

「イゴロットも男系社会だったから、生まれた子供は日本人として育てられたんだ。で、その後また二代目もイゴロットの嫁をもらったので、結構血筋は濃いぞ。……日本の敗戦で、日本人は住みにくくなってしまい、やむを得ない事情のある人は引き揚げてきた。敗戦国のしかも異国である日本に一緒に行くのは不安だとして、離婚して現地に残るイゴロットの妻も多かった。……まあ、そういう事情だ」

「……」

「うちの一族の子細というのは移住による混血のことだったわけだが、今まで見かけは完全に日本人だったからそれで苦労することは無かった。だが、先祖返りはあるかもしれないので、ちょっと不思議な子供が産まれることもいずれあるだろう。だから、このことは家族には隠さないでおこうと思う」

何も無い焼け野原の日本に帰ってからの祖父や曾祖父の苦労が偲ばれたが、しかし部屋に戻ってからはイゴロットのことについて、ネットで調べまくった。

イゴロットとはコルディリェラ周辺に住むマレー系民族の総称で、さらに幾つもの部族に分かれるらしい。

ボントック族、イバロイ族、イフガオ族、イスナゴ族……。

ボントック族の文化特性の項目で手が止まった。

……首狩り。

……ああ、と腑《ふ》に落ちた。

スペインとアメリカの過酷な統治を経て、現在は消滅した習俗らしいが、俺にはきっと首狩り族の血が受け継がれているのだ。


二十三時過ぎ、ジャージに着替えて家を出た。

人気《ひとけ》の無い住宅街。

家の前の歩道で、念入りに屈伸運動を行う。

筋肉のほぐれる感じを味わい、ジャンピングして心拍数を上げる。

背後の玄関ドアが開いて、ジャージ姿の咲良が飛び出して来た。

「何やってんだ？」

妙に真剣な顔で、

「あ、あたしも、痩せる！」と言う。

玉城君は、急激に体重を落とし、もはや精悍《せいかん》ささえ漂わせる体型に激変していた。

「へっ、付いてこられるかな？」

いつものペースでスタート。

最近は、住宅街を外れて貯水池周辺を走っている。遊歩道沿いには街灯があるが、森に入ると相当暗い。

ここの入り口に辿り着くまでに、今までのコース分くらいはあった。
振り向くと後ろに付いていたはずの咲良がいない。
しばらく待っていると、へたばった咲良が歩いて現れた。
もう、無理そうだから帰れと言おうとすると、
「あたし、帰るね」と、先に言われた。
「おう、気をつけろよ」
「あー、参ったわ。兄貴、凄いわ」
右手を上げて去って行く咲良を見送って、玉城君は遊歩道へ向かった。
流して走っていると……いつの間にか、前方を駆ける人影がある。
現れたか。
今日こそは追いついてやるぞと思う。
ペースを上げる。
この野郎。
その首を見せて見ろ。
自然に唇が歪む。
男が道を外れ、森の中への脇道に入った。

後を追う。
左右から気配がして、腰布だけの男達が現れた。
玉城君と同じように男を追いかけている。
全身に刺青の入った戦士達だった。
負けるものか。
足の回転を速める。
右手に「首刈り斧」を、いつの間にか握っていた。
そうだとも。
この時間だけは、先祖達と共に。
かつてあった、首狩りの熱情を。
蘇らせて楽しむのだ。

前方の男の首に、振るった斧が届いて、熱い血潮が噴き出した。

誰が風を見たでしょう

柳下さんが中学二年の頃、隣接地が造成されて二軒の家が建った。

すぐ隣の家には新婚の若夫婦が越してきて、その奥さんが二十歳そこそこだったので、出くわしたりすると何となく面映ゆく思っていた。

隣家の更に隣の開けた区画は、バブル期に建てられた巨大な邸宅の庭園になっており、昔は一面に芝の貼られた美しいものだったそうだが、どうやら事業が破綻したらしく、柳下さんの物心着く頃には既に雑草が生い茂って荒れ果てていた。

ただ、現在土地を所有している団体が管理会社を通じて、秋も深まる頃になると一気に作業員を投入して草刈りをやってしまうので、冬にかけては酷く荒涼とした風景になる。

何も無い殺伐としたそれはまさに廃園であったが、敷地の隅に植えられているカツラなどの数本の落葉樹から、落ち葉が風に舞って柳下さんの家の辺りまで飛んで積もってくる。

そのため、落ち葉掻きが毎年の面倒臭い風物になっていたのだが、柳下さんが黙々とそれをやっていると、よくその隣の奥さんと鉢合わせをした。

気さくに話しかけてくれるのだが、何しろ思春期の捻《ひね》くれた気分の時期だったので、ぶっきらぼうに挨拶をするのが精一杯だった。

それでも内心では気になっているのでチラチラと様子を窺《うかが》っていると、奥さんは時々手を休めて、空を仰ぎ見るような不思議な所作をした。

大抵眉《まゆ》を顰《ひそ》めて、何かが高みの虚空を遠ざかっているのを見送るような様子だった。

その時は美しさの中に影のある感じで、実はその時の表情が柳下さんは一番好きだった。

だが、当然「何を見ているのだろう？」という疑念も覚えていた。


やがて初冬になった頃。

「隣の秀美さん、ご懐妊みたいよ」

と、両親が食卓で向かって話しているのを聞いた。

「そりゃあ、目出度《めでた》いな」

あの綺麗な人が腹の膨れた妊婦になるのか、と思って強く幻滅した。

「二十歳で初産って、いろいろ大変でしょうね」

「お前の時は、悪阻《つわり》が酷かったからなあ。どうしていいのか分からなくて困ったよ」

「……それもあるけど、少し神経質な人だから……。今日会ったときには、最近夜眠れなくて辛いって話していたわ」

「……ふぅん。それは旦那さんのサポートが肝心だ。しかし、彼も今一番仕事に脂《あぶら》の乗った時期で忙しいだろうしな」

「電線の風を切る音が耳について眠れないって、言っていたわね……」


晴れた日曜日の午前中、もう木立の葉も全て落ちて、今年の落ち葉掻きもこれで最後かなと思って竹箒を動かしていた。

柳下さんは、割とこういう単純作業が好きだった。だから、ずっと自主的にやってきた。

少し休んで、家の前の道路の方をふと見る。

反対側の歩道脇に、かなり上背の高いコンクリート製の電柱が行列を作って、長々と並んでいた。少し離れているがその向こうには鉄道が走っていて、何のための物であるのかも判然としない無数の電線や架線がゴチャゴチャと張られている。

確かに風の強い日にはブーンという風切り音が響くことがあるが、柳下さんは今まで気になったことは無かった。

それに、最近風の強い日なんてあったたっけな？

それとも、この家の辺りだけ特別にうるさいのか？

そう思ったとき、隣の家の玄関が開いて奥さんが出て来た。

「うちの前まで掃いて頂いてすみません」

そう言って、立て掛けてあった箒を手に取ろうとしていた。

「いや、大したことじゃや。それより……身体の方は大丈夫ですか」

すると軽く笑って、

「あら、お母さんから聞いたのね。大丈夫、そんなこと言ったら何も出来ないじゃない」

思いの外元気だったので安心したが、心配して損をした気分にもなった。

しばらく二人で黙々と掃いていると、また奥さんが空の方を見た。

電柱の最上部。三本通してある電灯線の辺りを見ている。

すぐ上の方で緩い風が吹いているらしく、微かに電線が風を切る音が聞こえた。

気になるのか、彼女はじっとその方を見て動かなかった。

間が取れずに困ったので、最近科学雑誌で読んだ記事の話をしてみた。

「電線が風を切って鳴るのは、電線が横風を受けた場合、その後方に空気の渦が交互に発生して流れていくんですけど、これをカルマン渦列《うずれつ》というそうです」

「カルマン渦列？」

「列状の渦ですね。これが電線から離れる際に、力が上下に働いて電線を揺さぶる。つまり共振を起こして電線が鳴るみたいです」

「……カルマン渦列」

奥さんは、ぼんやりとした感じでそう繰り返した。

柳下さんは、この時……何ともいえない、厭な予感を覚えたそうだ。


翌々日、風の強い日の真夜中だった。

隣家から、物凄い叫び声が聞こえてきた。

急いで玄関へ行くと、既に柳下さんの父親が飛び出しており、隣家の玄関ポーチで隣の主人と二人で、あの奥さんを押さえつけていた。

「電線の音を止めて！　お願いだから！」

異様に興奮しており、庭先で転げ回ったのか、四肢には擦過傷を作って血だらけである。

「ああ！　カルマン渦が出来てしまう！」

その単語に柳下さんは衝撃を受けた。

……俺は何か、とんでもない話をしてしまったのではないか？

奥さんは、手を緩めるとまた暴れ出して埒《らち》があかなかった。

仕方なく救急隊を依頼し、ストレッチャーに縛り付けられるような有様で、奥さんはどこかの病院へ運ばれていった。

隣家はそれから一月《ひとつき》くらい経っても、明かりが灯ることも無く、ひっそりとしていた。

奥さんは病院に入院したままらしい。

「……いや、落ち着いてはいるみたいだけど、何しろ妊娠しているし、その兼ね合いもあって病院に近い実家の方に旦那さんはいるみたいだね」

「結局、何？　ノイローゼ？」

「産褥《さんじょく》精神病というものもあるらしいが、あれは確か出産後のものらしいからな」

退院ができても、しばらくは目が離せないから、奥さんの方の親が面倒を見るんじゃないか、と柳下さんの両親はそう話していた。

やがて、一年くらい経って、隣家には売り家の看板が掲げられ、それっきり柳下さんは奥さんの姿を見ることは無かった。

柳下さんの胸の中には「カルマン渦列」の件が重く淀んだ。

あれが何かのトリガーになって、奥さんの心に影響を与えてしまったのではないか。

考えすぎな気もしたが、その後空気力学の本などを読んでいるうちに、もっと深く理解しないといけないような気になってきた。

物理学が総じて好きになり、数年後、流体力学、流体数理学等を学べる大学を受験し合格した。

下宿して、せっせとキャンパスに通ううちに機械工学部の女の子と仲良くなった。人工衛星を作りたいという変わり種で、しかしその本気度が面白かった。

佐木亜里砂という。

ある時、ファミレスで待ち合わせをした。遅れて行くと、衛星写真の沢山載った大学図書館の本をふて腐れて読んでいた。

「ごめん、待った?」

「待ったんで、奢ってね」

どの道奢らされるので、それはどうでもよかったが、開いてある頁が目に留まった。

気象衛星が撮影したらしい白黒写真が、全面に印刷してあった。

「九州の西側?」

「ああ、この写真の面白いのは、ここの韓国の済州島《チェジュ》から南に、きれいに雲でカルマン渦列が出来ているのよ。風向きが揃っていて、上空に寒気があるとか条件が難しいんだけどね」

……よく見ると、九州の全長に匹敵するくらいの巨大なカルマン渦列があった。

「この場合、風が済州島《チェジュ》の山にぶつかって出来た……どうしたの？」

その時、よほど厭な表情をしていたのだろう、目聡《めざと》いところのある子なので、何か勘付かれたような気がした。

しかし、その日は何も問い詰めてくるようなことはなく、無駄話で終わった。

しばらくして、冬の街路を腕を組んで歩いていると、上空のどこかからブーンというような音が響いてきた。

「……どこかでカルマン渦列が出来ているわね」

やっぱり勘付いていたのかと思って顔を見つめると、

「吐き出しなよ。私で良かったら受けとめてあげる」

真っ直ぐに見つめ返されて、この際話してしまおうかという気分になった。

二人で狭い下宿の炬燵に入って、ぼつぼつと昔語りを始めた。

亜里砂はじっと聞いていたが、

「つまり、初恋の人が思いがけず酷い顛末になって、その切っ掛けを作ったのかもしれないと悩んで責任を感じているのね」

そう言って、物思いにふける表情になった。

「初恋……とは、違うと思うけどな」

「あのさ」と言葉を継いで、亜里砂は思いがけないことを言い始めた。

「西条八十《さいじょうやそ》の『風』っていう歌を知ってる?」

「風? 知らないな」

「誰が風を見たでしょう、僕もあなたも見やしない……っていう歌」

「それが?」

「それでも風は通り過ぎていくっていう感じの歌なんだけど、最近流行っている『千の風になって』っていう曲に似ていると思うんだ」

そちらのほうは知っていた。

「ああ、私はお墓の中にはいないっていう……」

「千の風になって大空を吹きわたっているんだよね。亡くなった人が風になるのよ」

何の話をしているのか、と思っていると、

「その奥さんって」

「ああ」

「『少し見える人』だったんじゃないかなあ」

「何の話だよ」

「少しだけ霊感のある人」

……そう言えば、ふと空を見上げて何かを眺めていたが……。

「いやいやいや」

「何？」

「ガチガチの理系女子が何を言ってるんだよ」

「それとこれとは別だよ。……私も少し見えるんだ」

「……」

「うっすらと何かが飛んでいるのを見ることはあるのよ。でも多分、その奥さんの場合カルマン渦列が何かのキーになって、怖いものが多分だけど、はっきりと見えたんじゃないかなあ」

「怖いもの……」

あれほどの恐慌を来すほど、人に衝撃を与えるものとは何なのか？

「うーん、しかしなあ」

いつの間にか亜里砂の話に引き込まれていたが、しかしそんなことがあるわけがないと思い直す。

「やはり、それは信じがたいな」

「……信じる信じないじゃないわ。私がそう思うってだけ」

翌日、夜中にネット検索で西条八十の「風」について調べてみた。

正確には八十は訳をしただけで、元詩はイギリスの詩人クリスチナ・ロセッティのものらしい。

「Who has seen the wind?」というのがそれだが、亜里砂の言っていたように霊魂が風に関係するようなことがあるのかということを調べるうちに、この詩が聖書の記述を下敷きにしていることが分かってきた。

ヨハネ福音書三章八節に、「風は思いのままに吹く。あなたはその音を聞いても、それがどこから来て、どこへ行くのかを知らない。霊から生まれた者も皆そのとおりである」とあり、これには更に古い思想が絡んでいるらしい。

ギリシャ語でもヘブライ語でも風と息と霊は一つの言葉で言い表されるらしい。

つまり、「風の音を聞く」というのは「霊の声を聞く」ということに繋がるのだ……。

調べ物で寝不足になったのもあるが、亜里砂の言っていたことが的を射ているんじゃないかと思えてきて講義が全然頭に入らなかった。

そして、もしそうだとすると「少し見える」という亜里砂も、あの奥さんと同じ条件下にあるのではないかということに気づいて、堪らなく不安になった。

また帰り道沿いにあるファミレスで待ち合わせをしていたが、顔を見るなり、

「一昨日《おととい》話した件には、これ以上深入りをするなよ」と、釘を刺さずにはおれなかった。

亜里砂はニヤニヤして、

「あら、心配してくれてるんだ」

「当たり前だろう」

「大丈夫よ。実は怖いものは以前見たことがあるの」

「……何だって？」

「高校に入学してすぐに、校舎裏に陰気な場所があるんだけど、そこで見たの」

「……何をだよ」

「刀っぽいものでお互いを刺し貫いて、そのまま静止している感じの二人の血塗《ちまみ》れのサムライ？　かなり昔の人だと思うけど」

「……」

「ああ、勝負がついていないんだな、と思ったわ」

「……怖くなかったのか？」

「それほど。すぐに消えちゃったしね。……それで思ったんだけど、そういうものを見る時って、やっぱり何かの切っ掛けがあるんじゃないかと」

「あったのか？」

「その前の日に、姉に誘われて美術館の刀剣展に行ったのよ。妖刀村正が来ていたのよね」

「……しかし、そんなことを言ったら何が切っ掛けになるのか分からないじゃないか」

「そうそう、そういうことよ。……カルマン渦列の話が切っ掛けになったのかもしれないけれど、何が要因になるのかなんて全く不明なんだから、そこに責任なんかありはしないのよ」

「……」

「だから、気に病む必要はないわ」


正月が近くなり実家に帰省した。

電柱の並ぶあの道を歩く。

隣家には、数年前から普通のサラリーマン家族が入居しており、最近新車を買ったらしくピカピカのそれが車庫に納まっていた。

玄関口の辺りは昔と変わりはなく、ひょっこり扉を開けてあの奥さんが顔を出しそうな気がした。

冷たい風を感じて、思わず首を竦める。

ウワーンというような、聞き慣れない音を電柱の上部が発していた。

冬の曇天を見上げて、姿の見えない風を思った。

「……誰が風を見たでしょう……か」

その夜。
なかなか寝付かれなくて、ノートパソコンを弄《いじく》っていたが、屋外では風の音が酷い。
冬の嵐かな、と思ったが、だんだんと電線の風切り音が響きだした。
今まで聞いたこともないような甲高《かんだか》い音も混じっている。
それが……。
自身でも何故そう思えるのか分からないが、意味があるような気がしてきた。
――ブーン（見れるぞ）
――グゥーン（来い）
――グワーン（早く来い）
「うるさい！」

頭を抱えて耳を塞ぐが、一向にそれは収まらなかった。

「畜生め！」

腸《はらわた》が煮えくり返る思いがして、玄関から外へ出た。あの奥さんはこれに悩まされていたのか。

すると、正面にある電柱の電線から、何かが棚引いているのが見えた。

あの時、亜里砂と見た衛星写真の白い雲のように、真っ白な何かが電線そのものから生まれるようにして、向こう側に伸びている。

近寄ってみると、今まで何度も書籍で見た、模式図通りのカルマン渦列がその向こうにあった。

一体、何が目に見えているのか理解できなかった。

渦は交互に流れて徐々に大きく成長し、やがてその渦の中央辺りに何かが形を成してきた。

それは生首のようであったり、胎児のようであったり、臓器の塊《かたまり》のようであったりした。

生成された渦の中で全て蠢《うごめ》き、物凄い数である。

生首は渦を破ると、長い髪を靡《なび》かせて虚空《こくう》に飛んでいき、その他のものは流されるようにして、どこかへ消えていった。

無数の生首の乱舞する光景を目の当たりにして、柳下さんはこのまま自分は狂ってしまうのではないかと思った。

が、その前に隣家の車が帰宅してきて、そのヘッドライトに薙《な》ぎ払われるようにして、全てが消えてしまった。

柳下さんは何とか平常を保ち、現在は亜里砂さんと平穏に家庭を築いている。

「あの生首の渦が、何を切っ掛けにして現れたのかなんですけれど。……やはり、あの言葉なんじゃないかと思うんですよねえ」

——誰が風を見たでしょう。

鷲羽大介

174センチ84キロ。

得意技は大外刈り、背負い投げ、三角締め。

「せんだい文学塾」代表。

著書に『暗獄怪談 憑かれた話』『暗獄怪談 或る男の死』『暗獄怪談 我が名は死神』、
共著に「奥羽怪談」「怪談四十九夜」「瞬殺怪談」各シリーズ、「江戸怪談を読む」など。

普通のおばあちゃん

真夏のビアガーデンはたいへんな喧騒に満たされていた。そんな中でもよく通る、力強い声で春奈さんは話してくれている。面長《おもなが》だが顎《あご》がしっかりしていて、東ヨーロッパあたりの人を思わせる顔立ちに、よく似合う声だった。

私は春奈さんにビールをすすめつつ、自分は冷たいウーロン茶をがぶ飲みしていた。こう暑いと喉が渇いて仕方がない。剃り上げている頭に巻いたタオルは、すでに汗でぐしょ濡れだ。そのうちタイミングを見て、手洗い場へ行って絞りたい。さっきからずっとそう考えていた。二杯目のウーロン茶を飲み干し、グラスに残った小さな氷の破片を口の中へ放り込む。奥歯で噛み砕いて飲み下すと、内臓が冷やされた感じがして少し落ち着く。テーブルの向こうに座った春奈さんは、ハンカチで額の汗を拭きつつ、およそ十五年前の中学時代、同じクラスに「視える人」を自称している女子がいたという話を始めた。

その人は「あまりお近づきになりたくはないタイプでした」と春奈さんは述懐する。いつも鮮度のよくない魚みたいな匂いを漂わせていて、垢《あか》じみた制服を着ていて、長く伸びた髪の毛には艶《つや》がなくべたべたしていた。要するに、汚かったということである。「きっと家が貧しかったんでしょうね」と、春奈さんはためらいなく口にした。

「あの子なりに、みんなと近づきたかったんだと思います。あるとき、休み時間に席に座って友達と話していたら、後ろから肩を叩かれたんです。振り向いたらあの子でした。ねえ、春奈さんの頭の上に、おばあちゃんが浮かんでるよ。そう言うんですね。あんまり真剣な顔で言うもんですから、つい可笑しくて吹き出しちゃいました。一緒にいた友達も、つられて笑いだしちゃったんですよ。でも、あの子は眉毛ひとつ動かさないで、おばあちゃんが怒ってるって言うんです。じゃあどんなおばあちゃんなのかって訊いたら、何て言ったと思いますか」

いきなりこちらにボールを投げられた。私は、テーブルに置いた三杯目のウーロン茶へ手を伸ばしたところに、機先を制された格好である。春奈さんは二杯目の生ビールを飲み干し、赤らんだ顔がいかにも上機嫌という風情だった。

そうですね、白い着物をまとって、長い白髪を振り乱して、菜切り包丁を口にくわえて、真っ赤な両目から血を流しているおばあさんとかですか。

私がそう言うと、春奈さんは「すごい想像力ですね、そんなの普通は思いつかないですよ」と手を叩いて笑った。

「その子が言ったのは、灰色っぽい洋服を着て、黒髪と白髪が半々ぐらいのウェーブがかかったヘアスタイルで、目がぎょろっとしたおばあちゃんだということでした。普通じゃん、と思いましたね。別に怖くもなんともないです。身内に心当たりはありませんでした。私の祖母は、十五年前の当時も、今もまだ健在ですしね。ええ、父方も母方もです。そのとき一緒にいた友達、綾乃っていうんですけど、綾乃がすごい嫌な顔をして、あんたそれつまんないからやめなよ、って言ったんですよ。その子は顔を真っ赤にして、うう、とか唸《うな》っていました。歯を食いしばって、本当に悔しそうな顔でしたね。私、なんとなくかわいそうな気がして、綾乃やめなよ、私のためを思って言ってくれたんだから。ごめんね、気をつけるからね、ってその子に言ったんです」

春奈さんは、ごく自然にこう話した。みんな彼女を避けていたが自分だけは理解者だったというポーズを取りながら、それを嫌味に感じさせない明るさを私は持っている。そう確信しているのが、私にはよく伝わっていた。

「その子は、そうやって何度もクラスの子に絡んでは、冷たくあしらわれてばかりいました。一度なんかは、ヤンキー系の女の子に引っ叩かれたりもしたんですよ。結局、私に話しかけてきたのはそのときだけで、卒業してからはもうその子を思い出すこともありませんでした。ずっと、本当に忘れていたんです」

三杯目のビールをジョッキ半分ほど飲み、春奈さんの呂律はやや怪しくなっていた。私は、それで、その子のことを思い出すきっかけは何だったんですか、と問いかけてみた。

「私って、去年結婚したじゃないですか。それで、旦那は私より十歳上で、お義母《かあ》さんもそれなりの年齢なわけですよ。まぁ、子供から見ればおばあちゃんですよね。でね、旦那に紹介されて初めて挨拶したときに、あ、この人だ、普通のおばあちゃんだって思ったんです。中学のときあの子に言われた、私の頭の上に浮かんで怒ってたおばあちゃんって、この人のことだったんだって。義母の顔を見た瞬間、あのときの記憶が甦ったんですよね。旦那に似て目がぎょろっとしていて、髪も白黒半々ぐらいでウェーブがかかっていて、灰色の服を着ていて。あの子に言われてイメージした人の姿が、まさに義母だったんですよ。それってすごくないですか。私もう本当にびっくりしちゃって、十年ぶりぐらいで綾乃に電話したんです。ねえこんなことあったの覚えてない？　そう訊いてみたんですけど、綾乃ったら全然覚えてないって言うんですよ。そんな子がいたこと自体、覚えてないって。ひどいですよねえ。でも、私もその子の名前がどうしても思い出せなくって、実家に行ったときに中学の卒アルを見てみたんですけど、自分のクラスにも、他のクラスにも、その子はいませんでした。顔も声も、臭かった匂いまではっきり覚えてるのに、不思議ですよね。そんなことってあります？　ねえ？」

酔ってすっかり呂律が回らなくなりながら、春奈さんはここまで話してくれた。隣の席に座り、こちらを見ていた目の大きい男性が立ち上がり、彼女の手を取って、反対の手で頭をさらりと撫でた。私に向かってぺこりと会釈し「すみません、もう限界みたいなので」とそちらの席へ連れ戻した。この人が春奈さんの夫である。

座ったまま半分眠っている春奈さんを介抱しながら、旦那さんはお母さんがいかに嫁の春奈さんを気に入っているか、話してくれた。喧嘩をするどころか、怒った顔すら一度も見せていないそうである。

私は、ご夫妻と別れて手洗いに行き、頭に巻いたタオルを外して、ぐっと力を込めて絞った。びしゃびしゃと派手な音を立てて、沁み込んだ汗が流れ落ちる。少しすっきりした気分になり、席に戻ったらもうふたりはいなかった。

寂しいおじいさん

尚美さんが高校二年生だった、十四年前のことである。

所属していたバレー部の練習を終えて、帰宅するときにはもう日がとっぷりと暮れていた。おまけに雨が振り始め、尚美さんはうんざりした気持ちで傘をさし、歩いていた。

校門から百メートルほど歩いたところの交差点に、歩道橋がある。尚美さんの家はこの歩道橋を渡った向こうだ。いつものように、その歩道橋の階段を上っていった。

橋の真ん中あたりに、上品そうな老紳士が佇《たたず》んでいた。

ソフト帽と、グレーの背広を身につけていて、木製の杖をついている。雨の中でもまぶしいほど、髪の毛と口ひげが白い。橋の真ん中で、下の道路を行き交う自動車の流れを見ているように、うつむいていた。なんだかとても寂しそうに、尚美さんには思えた。

そう思ってすぐ、尚美さんは奇妙なことに気がつく。

雨の中にいるというのに、その老紳士の服や髪、帽子にいたるまで、まったく濡れた様子が見られないのである。自分は傘をさしているにもかかわらず、制服のあちこちに雨が染みを作っているのだ。

おかしいな、と思いはじめてすぐ、歩道橋の下から「なーおーみ！」と大きな声で呼ばれ、振り返って下の道路に向き直った。同じクラスの、卓球部に入っている親友の奈々子さんが、尚美さんを見つけて呼び止めたのである。

「じゃーねー」「また明日ねー」

大きな声でそう言い合って、尚美さんは再び視線を前方に戻した。さっきまでうつむいていた老紳士の姿は、もう影も形もない。尚美さんが後ろを向いていたのは、ほんの一秒かそこらであり、走り去ったとしてもとても間に合わない。消えてしまったとしか思われなかった。

降りしきる雨よりはるかに冷たいものが、尚美さんの背筋を上から下まで、ぞくりと走り抜けた。悲鳴は出なかったが、かすかに「いや」という声が口から漏れるのを感じた。尚美さんはそのまま家まで走って帰り、ずぶ濡れの服を脱いでシャワーを浴びている最中も、震えがなかなか止まらなかった。

翌日、登校した尚美さんは奈々子さんに、昨日の別れ際に歩道橋で見たもののことを話した。奈々子さんは「気のせいじゃないの？」と訝《いぶか》しんでいるだけだったが、近くの席に座っている男子が「俺も一週間前に変なのを見た」と話に加わってきた。

その男子、慎太郎さんの話はこうである。

剣道部に入っている慎太郎さんが、夜の八時ごろまで練習をして、下校しようとしたところ、校門の内側で老夫婦らしき二人組が、手をつないで歩いているのを見た。慎太郎さんが「誰だろう」と訝しんでいると、そのふたりは校門の塀に吸い込まれて消えてしまった、というのである。

しかも、その日も激しい雨が降っているというのに、そのふたりには少しも濡れている様子がなかったのだ。

「夫婦?」

「うん。俺が見たときはね、白髪のおじいさんとおばあさんが、手をつないですごく楽しそうに歩いていたんだよ。おばあさんは水色の和服を着ていて、髪の毛がきれいに真っ白で、お金持ちっぽい感じだった。それが、昨日はひとりだけだったのか。何があったんだろう。霊も死ぬのかな」

それから卒業するまでの間、尚美さんは同級生たちに、怪異談はないか、とくに「白髪のおばあさんの幽霊」の目撃談がないかと、ことあるごとに聞いて回ったが、とうとう怪異の目撃談自体がひとつも出てこなかった。

「慎太郎君は『霊も死ぬのかな』なんて言ってましたけど、そういうことってあるんですかね。それとも、おばあさんのほうが先に成仏した、ということなんでしょうか。もしかしたら、熟年離婚ってありますけど、霊になってから別れることもあるんですかね。霊といっても所詮は人間ですから、そういうことがあってもおかしくないと思うんですよ」

三十歳になって間もない尚美さんは、昨年に両親が離婚して、今はお母さんと暮らしている。両親とも、髪の毛はまだ白くなっていなかったそうだ。

黒い子猫

「六十年も前の話ですけどね」そう前置きして、礼子さんは語り始めた。

小学生だった礼子さんは、四国の山地で両親と祖父母、中学生の姉と六人で暮らしていた。学校は家から三キロも離れたところにあり、毎日一時間かけて登校していたという。

秋のある日、礼子さんが学校から帰る途中、山あいの道に黒い子猫がごろりと横たわっていた。礼子さんが恐る恐る近づいても、逃げる様子はない。しゃがみこんで「あなたどこから来たの？　お母さんはいないの？」と話しかけながら手を差しのべると、黒猫は仰向けになってお腹を出し、撫でろと言わんばかりの姿勢を取って「にゃあ」と小さな声を出した。礼子さんは「よしよし、いい子ね」と声をかけつつ、黒猫のお腹をやわやわとさすった。あたたかく、さらさらとしたいい感触だった。

空は晴れていたのに、いきなり雷光が閃《ひらめ》いた。

ほとんど間を置かずに、耳に突き刺さるような雷鳴が轟く。どこにも雷雲なんてなかったのに、瞬《またた》く間に真っ黒になった空から水が落ちてきた。雨が降ってきた、などという生易しいものではなく、そう表現するしかないほどの豪雨だった。

慌てて立ち上がった礼子さんに、黒猫が飛びかかってきた。服に爪を立てながら身体をよじ登り、頭の後ろにしがみつくとそのままどろりと溶けて、礼子さんの後頭部から首のあたりに沁み込んでしまった。声の限りに悲鳴をあげた礼子さんは、頭をかきむしりながら家まで逃げ帰り、びしょ濡れのまま玄関に倒れ込んでそのまま気を失った。

その夜から礼子さんは熱を出し、三日三晩うなされた。四日目にようやく熱は下がったが、礼子さんの視界の隅にはいつも黒い子猫の姿が映るようになっていた。どの方向を向いても、左右どちらかの隅に、仰向けで腹を出した子猫の姿が見えるのである。

医者は、ショックを受けたための一時的なものでしょうとあっさり診断し、両親や祖父母も、猫のたたりだと怯える礼子さん本人の訴えを「この二十世紀の世の中に、そんな非科学的なことはありません」と一顧だにしなかった。

「私はこのまま一生、猫に取り憑かれたままなんだ。誰もわかってくれないんだ」そう思って、礼子さんは毎日泣いていたという。

そんな礼子さんをはげますため、お祖父《じい》さんが、ちょうど四国のその県にやってきた、大相撲の巡業に連れていってくれると言い出した。それほど気乗りはしなかったが、どうせ嫌だと言ってもわかってくれないだろうという諦めの気持ちで、礼子さんはバスと汽車を乗り継ぎ、会場となる体育館へ、お祖父さんとふたりで行った。花道に面した、いい席だったそうだ。

初っ切りや相撲甚句《じんく》は、礼子さんにはただ太った人たちが退屈な芸をしているだけにしか思えなかった。しかし、取り組みが始まるとさすがに迫力があり、徐々に引き込まれていく。その間も、黒猫はずっと視界の隅にいたが、もう気にしている余裕はなくなっていった。

いよいよ、横綱の登場だ。

テレビや新聞でおなじみの、大横綱が花道を入場してきた。お祖父さんは、礼子さんに「せっかくだから、横綱の身体に触ってきなさい」と促す。言われたとおり、立ち上がって横綱の腰あたりに手を伸ばした。

横綱の汗ばんだ身体に触れた途端、礼子さんの耳の中ですさまじい猫の鳴き声がした。それと同時に、視界の隅にいた黒猫が砕け散ったのである。

「その日から、もう黒猫が見えることはなくなりました。祖父には今でも感謝しています。お相撲って神事だとはいいますが、横綱って本当にすごいんですね」

礼子さんは、子供のころを思い出しながら、大横綱の威光を惜しみなく称賛している。

私に向かって「あなたもお相撲やっていらしたの？」と無邪気に問いかけるので、「いえ、柔道なら子どもの頃に少しだけやりましたが……」と恐縮するしかなかった。

常連

俊宏さんは専門性の高い産業用測定機器メーカーで、営業およびサービスマンをしていて、この道三十年のベテランである。出張の仕事が多く、その日も朝から初めての町へ赴いて、午前中で一件目の案件を済ませ、午後から次の現場へ行くまでの間に昼食を取ることにした。

見知らぬ町を少しだけうろつき、せっかくなのでどこにでもあるようなチェーン店は避け、個人経営の、そば屋兼定食屋といった風情の大衆食堂に入った。

年季の入った壁いっぱいに、「ぶた汁定食七〇〇円」「たまご丼六五〇円」「親子丼七〇〇円」「他人丼七八〇円」「ラーメン六〇〇円」「ライスカレー五五〇円」などと、これまた年季の入った手書きメニューが所狭しと貼り付けてある。俊宏さんは「こういう店がいいんだよな」と心の中でひとりごちた。

四十代ぐらいの痩せ型で、野球帽タイプの黒いキャップを被った男性店主が、俊宏さんを見るなり破顔一笑しつつ「いらっしゃい、いつものやつでいい？」と声をかけてくる。

初めて来た店なのに、「いつものやつ」も何もない。少しだけ混乱したが、どうやら自分に似た常連客と間違えているらしいと気づいた俊宏さんは、ちょっとしたいたずら心を起こして、「うん」と言ってみた。

見知らぬ町の、自分に似た人はいったい何を好んで食べているのだろう。俊宏さんは小さな冒険を楽しむ気持ちで、わくわくしながら料理が来るのを待った。

昼時だというのに店は空いていて、客は自分ひとりである。

五分ほど待ったところで、店主は満面の笑みを浮かべながら料理を運んできた。

俊宏さんの目の前に置かれたのは、大きな丼に入った汁物ひとつである。醤油味らしい薄茶色の汁に、玉ねぎや人参、そして水餃子のような白い小麦粉生地の塊がいくつも沈んでいる。「いつものやつ」の正体はすいとんだった。

俊宏さんは「どうも」と愛想笑いを浮かべて受け取り、壁に貼られたメニューを見回したが、どこにも「すいとん」は見当たらなかった。どうやら裏メニューらしい。くだんの「常連」はよほど変わった人のようだな、と思いつつ俊宏さんは汁をひと口すすった。

昆布《こんぶ》と鰹《かつお》の出汁《だし》がよく利いている。醤油とみりんの味付けもほどよく、おいしい。とはいえ、野菜と小麦粉だけの質素なメニューであり、肉っ気も脂っ気もまったくないし、量だって働く成人男性の一食分としては心もとない。俊宏さんは、いたずら心を起こしたことを少し後悔しながら、もちもちしたすいとんの生地を咀嚼《そしゃく》していった。

店主が「うまいよねえ」と声をかけてくる。

自画自賛するようなメニューとも思えなかったが、ここは「常連」の態度を崩さないでおこう。俊宏さんはそう判断して「うまいね」と店主に笑顔を向けた。店主は隣のテーブルからずずっと音を立てて椅子を引っ張り、それに腰かけて話を続ける。

「昔はこんな味じゃなかったよね。メリケン粉もこんなに上等じゃなくて、フスマがいっぱい混ざってたしさ。味付けだって、こんなに醤油やみりんを遠慮なく使えるようになるとは思わなかったねえ」

笑顔のまま、俊宏さんは困惑した。この人はいつの話をしているのだろう。見たところ四十代かそこらの年齢なのに、まるで終戦直後みたいなことを言っている。

「あの頃はお互い、本当にがむしゃらだったね。あんたがビルマから帰ってきて、無事にまた会えたときは涙が出たよ。あのときを思えばさあ、何だってできるしどんな苦労だって耐えられるよね」

店主は涙すら浮かべながら、そんなことを喋っていた。気味が悪くなった俊宏さんは、手早くすいとんを食べ尽くして「ご馳走様」と席を立った。店主は「はいどうも、六〇〇円ね」と会計を伝えてきた。その値段を聞いて、終戦直後にタイムスリップしたわけではなかった、と俊宏さんは少しだけ安堵したそうだ。

店を出て営業車に乗り込み、しばらく経ってから、ビルマといえば祖父が戦死した終焉の地だったことを思い出した。実家に残っている写真を見ると、祖父は俊宏さんに瓜二つと言えるほどよく似ている。

「祖父は日本に帰れずビルマの土になりましたが、運命がもう少しだけ違っていたら、生きて帰ってきて友達に再会できていたかもしれない。そういう、ここはちょっとだけ違う世界があって、そこに迷い込んでいたのかもしれないなと思うんです。SFみたいな話ですけどね、そうとでも考えないと納得できないんですよ」

俊宏さんはその少し後、またあの町へ仕事で行く機会があり、あの店に行ってみたが、切り盛りしていたのはあの店主とは似ても似つかない老夫婦で、もちろんメニューにすいとんはなく、注文してみる気にはとてもなれなかったそうだ。

大聖くんの話

え？　は、はい、こんにちは。きょ、今日も暑いですね。はい、僕たちいま夏休みです。

……あのう、おじさん誰ですか？

はあ、怪談作家さんですか。じゃあアレですか、動画サイトでお話とかしてる人なんですか？　あ、そうですか、喋る人じゃなくて本を書く人なんですか。え、これがおじさんの書いた本ですか。すごいですね。え、これもらえるんですか？　僕たちがいま話してたのを、詳しく喋れば？　おい琉斗《りゅうと》、秀祐《しゅうすけ》、もう一回最初からちゃんと話そうぜ。この鷲羽さんって人にお話すれば、この本をくれるんだってさ。

僕の名前は大聖《たいせい》です。僕たち三人とも中学二年の同じクラスで、部活はみんな別々です。僕はバスケ部の補欠です。今日は午前中に部活の練習があって、午後にたまたまこの公園で三人集まって、怖い話をしていたんです。そういうの好きなんです。

じゃあ、まず僕の話から始めますね。小学四年のときのことです。

通っていた小学校で、トイレの花子さんみたいなお化けのうわさがあったんです。なんでもずっと昔、うちの学校のトイレが汲み取り式だった頃に、女の子が男子トイレに連れ込まれて、変質者に刃物で刺し殺された事件があったというんですね。それで、そのトイレに入って「〇〇さん〇〇さん（大聖くんの話では実名だったが、筆者の判断で伏字とする）、痛いですか、痛くないですか」と三回唱えると、便器の中からナイフを持った血だらけの手が出てきて、唱えた人を刺して「ほうら、刺されれば痛いでしょう」と言うそうなんです。

同じクラスの女の子たちが、そんな話をして怖がっていたんですよ。でも僕はさすがに信じられないので「本当に誰か刺されたの？」と訊いてみたら、「嘘じゃないよ。十年前に、本当に刺されて死んだ人がいるんだよ」って言われました。

女子はみんな信じてたし、男子でもビビってるやつがいっぱいいました。

でも僕、そんなのよくないと思ったんです。

だって、本当に殺された被害者がいるんだったら、その人を悪霊扱いするなんてひどいじゃないですか。だから、「そんなの絶対に嘘だ、僕が確かめてやる」って言って、女子五人と僕とで、放課後に実験をしたんですよ。

トイレの外で女子五人が見張って、個室に入った僕がドアを開けたまま「〇〇さん〇〇さん、痛いですか、痛くないですか」と呪文を唱えました。女の子たちは耳を塞いでこっちを見てましたよ。

三回唱えて、ええ、もちろん何も起きませんでした。ほら見ろ、と思って外にいる女の子たちのほうに目をやったら、五人ともお腹を押さえてうずくまっていたんですよ。「痛い、痛い」って口々に言ってて。僕、こいつらわざとやってるだろと思って「何やってんだよ、そういうのいいよ」って声をかけたんですけど、駆け寄ってよく見るとみんな真っ青な顔で脂汗をかいてて、これはヤバいと思ってすぐ保健室の先生を呼びにいったんです。きっと怖すぎて、ショックで身体がおかしくなったんだと思って。

先生を連れて戻ってきたら、五人とも服が血だらけになってたんです。僕はびっくりして気持ち悪くなったし、先生も「ひゃあ」って悲鳴みたいな声を出してました。すぐトイレの個室に駆け込んで吐いたんですけど、僕が吐いてる間に先生はあの五人を連れて保健室へ行ってしまいました。吐いてる僕を放置して、ですよ。僕ら男子ってこういうとき損ですよね。

保健室に入ろうとしたら、先生が僕を制止して「みんな大丈夫だから、病気じゃないから。あなたはこのまま帰りなさい」って言いました。僕のことは全然心配してないんです。ひどいと思いませんか。仕方ないからそのまま家に帰って、夕ご飯も食べられなくて、親に心配されたけど何があったかは言いませんでした。

何があったのかは教えてもらえませんでしたけど、後で考えるとあのとき、五人の女子が全員、まったく同時に生理になったんだと思うんです。まだ四年生なのに、ですよ。はい、もちろん本人たちにはそんなこと訊けないし、先生も教えてくれないですけどね。

どうしても気になったので、中学に入ってスマホを買ってもらったとき、ネットで事件について調べてみたんです。そうしたら、たしかに学校のトイレで女の子が殺された事件はあったんですけど、全然この地方じゃないんです。東京の事件でした。うちの学校とは何の関係もなかったし、被害者の名前も○○ではなくて全然違う名前でした。

要するに、あのうわさには全然根も葉もなかったんです。

でも、僕が「そんなの嘘だ」って否定しようとしたら、あり得ないような偶然が起きてしまったんですよね。お化けが嘘か本当かなんて、生きてる人間にはわかんないものなのかな、って僕はそのとき思いました。はい、以上で終わりです。

琉斗くんの話

ども、琉斗っす。自分、大聖みたいにうまく喋れないんで、すんません。

小さい頃、ひいじいちゃんが死んだんすよ。自分は会ったことなかったんすけど、親に連れられてじいちゃんの実家がある田舎まで行ったんです。

古いお寺で、お坊さんが木魚をぽくぽく叩いてお経を詠んでて、周りは知らない親戚がいっぱいいて、なんか怖くて退屈で、早く終わんねえかなって思ってました。

早く終わんねえかなって思いながら、なんとなく上を見たんす。

そしたら、お寺の本堂？　っていうんですか。あの広いところ。あの天井に、なんか黒い点々がいっぱいついてるんですよ。

あ、これ足あとだなって。

そんときの自分よりちっちゃい、よちよち歩きの赤ちゃんぐらい小さな足あとが、天井の端から端まで一直線に並んでたっす。たしかに足あとでしたよ。足の指の指紋まではっきり見えましたから。

それ見たら、なんか楽しくなったんすよ。あ、ここってこうやって歩いていいんだ、って思って。自分もやってみようと思って、立ち上がって天井に飛びつこうとしたら、隣に座ってたお母さんが自分の肩をガッて押さえて、すげえ怒った顔で「ダメ」って言うんです。自分、悔しくて思いっきり泣いたんすよ。なんで歩かせてくれないんだ、って。

あのお寺には、その後も何回か行きました。法事っていうんですか、何回忌とかいうやつ。それっす。小学校二年ぐらいまでは、やっぱり天井にちっちゃい子の足あとがあるのが見えたんすよね。

でも、去年じいちゃんが死んで、やっぱり同じお寺で葬式をやったんすけど、そんときに天井を見たら、もう足あとはなかったんすよね。いや、天井を張り替えたとかじゃないっすよ。古い木のまんまです。きれいになったとかもないっす。あの足あとだけがすっかり消えてたんすよね。

あれ、たぶん自分にしか見えてなかったと思うんす。

子どもにだけ見えるものが見えなくなったんで、自分も大人の仲間入りしたってことすかね。いや別にうれしくも悲しくもないすけど。本当にこんなんでいいすか？

秀祐くんの話

じゃあ俺が最後ね。おっちゃん、よろしくお願いします。これ初めて人に話すんだ。信じてくれるか分かんないけど……。

俺が五歳の頃に、弟が産まれたのね。母親が入院してる病院に、父親と一緒にお見舞いに行ったら、母親のベッドの横に、自分と同い年くらいの男の子が立ってたんだ。俺の方をじっと見ていて、なんだかさみしそうな顔して。なんとなく、「この子誰？」とは言えなかったです。この子は俺にしか見えないんだと思って。そう言ったら母親が怖がると思って、怖かったけど我慢してたんだよね。

でも退院してからは別に何もなくて、ただちょっと夜泣きが多かったかな。あの子供のことも忘れてたんだけど、弟が四歳の頃、「今日から兄ちゃんと寝る」って言いだしたんだよ。それまで母親と一緒に寝てたのに。

それで俺ね、お前そんなに兄ちゃんのことが好きか、って弟に訊いたの。そしたら、「ママがこわい」って言うの。なんで？　って訊いたら、「ゆうべ、ママと一緒に寝てたら苦しくて目が覚めたの。息ができなくて、暗い中でがんばってよく見たら、赤ちゃんの手がぼくの首をつかんでたの。その手は、ママのお腹から生えてたんだよ。ぼくが怖くて泣いたらママが起きて、赤ちゃんの手は消えたの。ママのお腹にはおばけがいるんだよ。だからぼく、ママと寝るのはいやなの」って言ったんですよ。

俺、びっくりしたんだ。だけどとりあえず「そのこと、ママやパパには絶対言うなよ。兄ちゃんと二人だけの秘密にしような」って言っておいたの。言っちゃダメなことのような気がして。

それからは大人しくなって、夜に泣くようなことは全然なかったし、小学三年になった今では、あれは夢だったと思ってるみたい。

それでつい最近、初めて母親にも話してみたんです。自分が病室で見た子供のことと、弟が見た腕のこと……。そしたら泣かれたの。

弟は、実は双子で生まれるはずだったんだって。

ただ、俺が病室で見た子供は、弟にも俺にも全然似てなくて、本当に自分たちの兄弟だったのかわからないし、弟が見た腕がもうひとりの腕だったのかどうかも、わからないままなんです。なんだか、今はまだ確かめる時ではないような気がするんだよね。母親も、弟に「お前は双子だったんだよ」とはまだ教えてないみたいだし。弟がもう少し大きくなったら、あれは何だったのか確かめてみたいんだけど、誰に相談すればいいのかな。

おっちゃん、こういう本を書いてるぐらいだから、そういう能力者とかに詳しいんじゃない？　ねえ教えてよ、あれはいったい何だったのか、わかる人に会わせてくださいよ。

秀祐くんは、いまどきの中学生には珍しい五分刈りの頭を下げて、私に食らいつくように頼み込んでいる。

琉斗くんと大聖くんは、気まずそうにそっぽを向いて、私が渡した自著に目を落としていた。そんな話なら聞きたくなかった、と顔に書いてあるように私には思えた。

和尚の犬笛

今から十年ほど前、代々続く旧家である真知子さんの家で、祖母の十三回忌法要をしたときのことである。

広い家に親族が集まり、なじみ深い菩提寺の住職もやって来て、法事が始まった。真知子さんは、幼い頃に可愛がってくれた祖母のことを思い出して、しんみりとした気分になっている。

和尚さんが仏壇に向かって正座し、参列者もみんな正座して合掌する。鈴を鳴らして、読経が始まった。

庭で、柴犬のモモが吠えだした。

モモは、この住職が来て読経するたび、いつもその声に合わせて遠吠えをするのだ。きっと、和尚さんの声には犬笛のように犬を刺激する周波数があるに違いない。真知子さんは、恥ずかしい思いで庭のほうに目をやった。

モモの姿はどこにもない。そうだ、モモは先月死んだんだった。そのことをやっと思い出した。

和尚さんに頼んで、モモの分までお経をあげてもらおう。真知子さんがそう思ったとたん、モモの鳴き声は消えた。

真知子さんがモモのことを話すと、和尚は犬のためにこころよくお経をあげてくれた。今度は、読経の声に合わせてモモが吠えることはなく、真知子さんは寂しさを感じた。

それから十年経つが、モモの声が聞こえたことは一度もなく、住職はその次の年に原付バイクの事故で亡くなった。

不法侵入の女

康夫さんは大学に入ると、実家を出てアパートの二階で一人暮らしをしていた。部屋はフローリングの1Kで、家賃は相場よりだいぶ安かった。

大雨の夜、康夫さんがソファに寝転がり、実話怪談の名著である某耳袋を読んでいたら、外階段を誰かが上ってくる、かつんかつんと甲高《かんだか》い足音がした。ほかの住人の足音はだいたい聞きなれていたが、聞いたことのないほど硬い音だった。どうやらハイヒールを履いた女の足音らしい。この階で暮らしているのは独身男ばかりなので、誰かがうまいこと女を連れ込んだだか、それとも出張風俗でも呼んだのかな、こんな雨の日にご苦労なことだ、と康夫さんは、ちょっぴり気の毒な気分になった。

足音は、自分の部屋の前で止まった。

あれ、と訝《いぶか》しく思った康夫さんは玄関に立ち、ドアの覗き穴から廊下を見てみたが、そこには誰の姿もない。ここで止まったと思ったのは自分の聞き間違いで、本当はどこかの部屋に入ったのかな、と康夫さんは再び読書に戻ろうとした。

後ろから、ぴちゃ、という音が聞こえた。

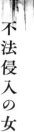

部屋の奥にあるソファへ向かって、康夫さんの背後から追いかけるように、ぴちゃ、ぴちゃという音が続いた。濡れた裸足《はだし》でフローリングの床を歩く音だ、とすぐに気づいた。うしろを見ても、誰もいない。床に濡れた足あとがあるわけでもない。しかし、ひんやりとした冷気をまとった何かが、自分に近づいてくるのがわかった。

康夫さんは、「来るな」と叫びたかったが、夜も遅いし非常識だと思われたくはない。とっさの判断で、踵《きびす》を返して狭い玄関へ駆け寄ると、自分の靴の隣の空間に手をやり、むんずとひっ掴んだ。何もない空間だったが、かすかに冷たいものが手に触れたような気がする。そこに脱いであるであろう、見えないハイヒールの靴をつかみ、玄関のドアを開けて裸足のまま廊下へ出た。そして、手すりを越えて向かいの家の屋根をめがけ、思い切り投げ捨てた。すぐに室内へ戻り、ドアを閉めて鍵をかける。さっきまでいた、ひんやりした何かの気配はなくなっていた。

読んでた本が本だし、自分の気のせいかなと思ったんですけど、ああやって勝手に入ってこられたらやっぱり厭じゃないですか。でもドアを閉めていても入ってこられるし、なんとか防ぐ方法はないかな、と悩んだんです。

あのヒールの足音からいって、入ってきたのは明らかに女でした。そこで部屋を女人禁制にすればいいんじゃないかと思って、それで女人禁制といえば山伏じゃないですか。だから、大学の図書館で山伏の資料をコピーしてきて、ドアに貼ったんですよ。そしたらすごい効き目で、二度と部屋に見えないやつが入ってくることはなくなりましたね。

大学を卒業するまで、康夫さんはそのアパートに住んでいたが、彼女ができても部屋に入れたことは一度もなかった。女人禁制を守らないと「あれ」を裏切るようで怖かったのだというから、なんとも律儀な人である。

不義理の詫び

克也さんは、世話になった大学の恩師と、年賀状のやり取りを欠かさずにいた。しかし、転勤や結婚を経て生活環境が変わり、学生時代の思い出も遠いものに感じられるようになると、年賀状を書くのもだんだん億劫《おっくう》になってきた。毎年そうそう書くことがあるわけでもないし、お定まりの「結婚しました」「子供が生まれました」を送るのも気恥ずかしいものがある。三十代後半になったある年、先生に送るのをうっかり忘れてしまった。

先生から来た葉書には、定年退職したのちも研究者として学究を続けている近況が、達筆でしたためられ、「君も見聞を広げていることでしょう、人間、生涯成長ですよ」と優しく、力強く締めくくってある。受け取っておいて返さないのは申し訳ないが、小さい子供の相手や親戚付き合いに煩《わずら》わされているうちに松の内を過ぎてしまった。

一度出しそびれてしまうと、次の年からもなんだか気が引けてしまい、先生への年賀状は出せなかった。先方からは相変わらず送られてくるのだが、文面にはとくにこちらの不義理を責める調子はない。もしかすると、こちらから届いているかどうか確認すらしていないのではないか。克也さんは、恩師に対してそんな思いすら抱くようになっていた。

一方的に受け取るだけの年賀状が、十年も続いてしまった。十一年目の正月に郵便受けを見ると、恩師からの年賀状は入っていない。悪い予感がした克也さんは、大学にメールで問い合わせてみた。

先生は前年の夏に、自宅の書斎で本を抱えたまま亡くなっていたのだという。学究の徒として理想的な最期である。克也さんは、十年にもわたる不義理を悔やんでも悔やみきれない気持ちだった。

その年の春、克也さんは先生のご遺族に墓所を教えてもらい、休日にお墓参りをすることにした。よく晴れた日に、閑静な住宅街の一角にあるお寺の墓地は明るい光に満ちていて、暖かく優しい空気が流れていた。

真新しい御影石で作られた先生のお墓は、背の低いモダンタイプのものだった。克也さんは線香に火をつけ、合掌して、先生から教わった様々なことを心で反芻《はんすう》する。

目を閉じていると、ふいに横から突き飛ばされて転倒した。仕切りの縁石に頭を強打し、目に火花が飛び散る。克也さんを突き飛ばしたのは、真っ白くて長い毛に覆われた、牛かと見紛《みまご》うほど大きな犬だった。犬は、倒れた克也さんの喉笛に食いつこうとする。反射的に押しのけようとした、その手に齧りつかれていとも簡単に左の小指が食いちぎられた。頭と指に激痛が走る中で克也さんは気を失ってしまう。

気がつくと、見知らぬ病院のベッドの上だった。頭に包帯が巻かれ、腕には点滴の針が刺し込まれている。お寺の職員が倒れている克也さんを見つけ、救急車を呼んでくれたらしい。縁石に強打した頭は十針も縫われていたが、幸い頭蓋骨や脳に異常はなく、犬に食いちぎられたはずの小指も、なぜかまったく無傷だった。

あれから五年経ちましたが、今でも雨の日なんかは傷が痛むんです。いや、縫った頭のほうじゃないですよ。何ともないはずの小指のほうが、しくしくとうずくんです。幻肢痛ってのはありますけど、幻傷痛っていうのもあるんでしょうかね。

不義理をしたのはたしかに申し訳なかったけど、こんな目に遭うとは思いませんでしたよ。それにしてもわからないのは、あの犬は何だったのかってことです。先生は大の動物嫌いで、犬なんか絶対に飼ったことないはずなんですよ。まさか、先生は犬に生まれ変わったとでもいうんですか。

そう語る克也さんは、あの体験以来どんな小さくても、白い犬を見ると震えがくるほど恐ろしく感じるのだという。私の家では小さな黒い犬を飼っているが、その写真を見せると「これは全然平気ですよ」と一笑に付した。わからないものである。

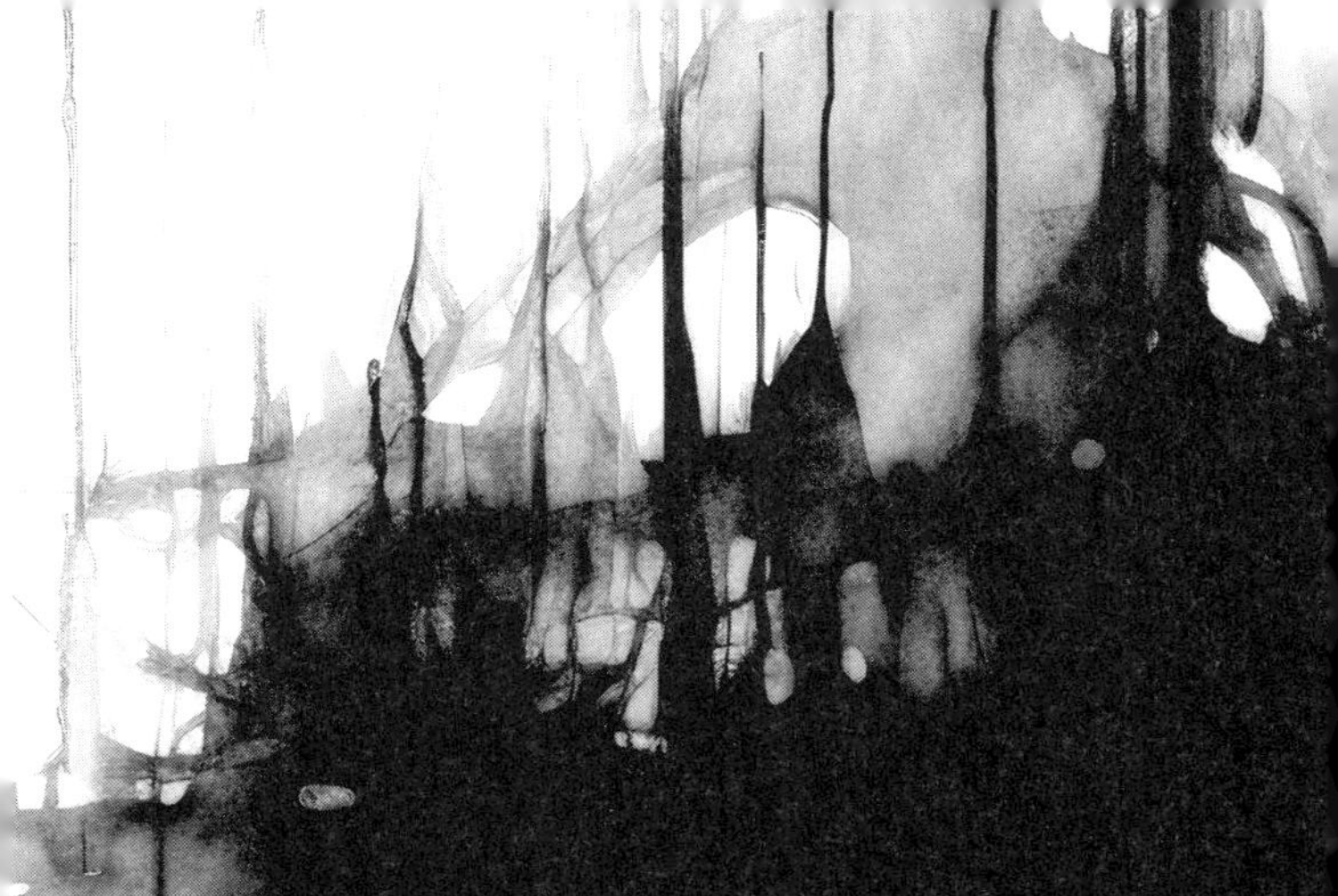

神沼三平太

大学や専門学校で非常勤講師として教鞭を取る一方で、
全国津々浦々での怪異体験を幅広く蒐集する。
著書に『怪奇異聞帖 地獄ねぐら』『実話怪談 揺籃蒐』
『実話怪談 凄惨蒐』『甲州怪談』『湘南怪談』『千粒怪談 雑穢』など。
共著に『怪談番外地 蠱毒の坩堝』、「恐怖箱 百物語」シリーズなど。

トランポリン

八木さんの祖父は数年前に亡くなったのだという。

「その時に、ちょっと不思議な話がありまして――」

家で転倒して骨折をしたことがきっかけで病院に運ばれ、その後の診断で癌《がん》がかなり進行していることが判明したのだという。

そのまま入院となって、結局自宅に戻ることはできなかった。

「祖父は個室に入っていたんですが、亡くなる数日前から部屋に女の子がいると言い出しました。その子が、自分のベッドの上によじ登って、自分の胸の上で跳ねる。危ないから早く連れて行ってくれと何度も言うんですよ」

赤いジャンパースカートに、白いブラウス。髪の毛は肩の上で切り揃えたおかっぱ頭。

八木さんにだけではなく、看護師にも同じことを繰り返す。

病気が進んでせん妄が出てきているのではないかとの話だったが、とにかく何度も何度も同じ話をする。

もちろん八木さんには女の子の姿は見えない。看護師や主治医に、入院している部屋で

女の子が亡くなったような話があるか尋ねてもみたが、特にそういうことはないという話だった

一体どうしたものかと思っている内に、祖父は眠るように亡くなったという。

「それでですね、この話を私が先日から働いている児童館の館長に話をしたんですよ。何か不謹慎と言えば不謹慎なんですが、要するに雑談ですよね。今となってはどうしてそんな話になったのかも不思議なんですですけど」

その話を聞いた館長さんは、静かに口を開いた。

「八木さん。それ、うちの家内の時と一緒です」

館長さんは今年六十五歳になる。

彼は五年前に癌で奥さんを亡くしている。まだ五十代だった奥さんは、癌の進行が早く、気がついた時には手遅れになっていた。

入院し始めた時には、特に問題はなかった。だが、一週間、二週間と経つうちに、奥さんが奇妙なことを言い始めた。

自分の胸の上に、赤いスカートを履いて、白いブラウス姿のおかっぱ頭の女の子が正座しているというのだ。

しかも、それが何か独り言を話し続けている。

その子が、ずっとうるさいから寝られない。早くどかしてくれないか――最初はそう訴えていた。ただ、館長さんにはその子は見えないので、どうしようもない。

それから数日すると、今度はその子が胸の上で飛び跳ねるようになったと言い始めた。

病院に言って、病室を変えてもらったりもしたが、奥さんは同じことを何度も繰り返して、その数日後の明け方に亡くなった。

「その子のこと、早く連れて行ってくださいよ」

これが館長さんの聴いた、奥さんの最期の言葉だったという。

影法師

ワンルームマンションを買ったのは、単にタイミングが良かったせいだ。

今は仕事の関係もあって自分で住んでいるが、もう少し仕事も落ち着いて家族もできたら、もっと広い部屋に引っ越すことになる。その際には、この部屋は賃貸に回すことを考えている。

将来には、このような部屋を幾つか運用して、夢の不労所得生活へと駒を進めるつもりだ。バブルの末期に建てられたマンションは、古くても造りがしっかりしている。この部屋も躯体はちゃんとしている。

これから日本の人口がどうなるかわからないけれど、首都圏で駅徒歩圏内なら、需要がなくなることはないはずだ。


四月のある日のことだった。

マンションの管理会社から、ポストインされていた書類を見て驚いた。

書類によれば、近所の神社で深夜に暴行事件があり、その後その被害者は病院に搬送されたが、亡くなったらしい。棒状のものでめった打ちにされたと不穏なことが書かれていて戦慄する。

さらに内容を読み進めていくと、犯人がまだ見つかっていないので、くれぐれも注意して欲しいという内容だった。

その神社は、神職が常在するような大きなところではない。いつでもがらんとしていて、殺風景だ。寂れていると言っても間違いではない。ただ、近隣の人がまめに手を入れているのか、それとも神社の関係者が行っているのか、掃除は行き届いている。

買い物や散歩のついでに時々寄ったりもしていた。そんな身近な場所で、事件が起きていたことを知って、嫌な気持ちになった。

自分の知っている場所が汚されたのもある。犯人が捕まっていないのも気持ちが悪い。

――しばらく神社には行けないか。

そう考えて、別に深夜に神社に寄る用事などないことに気づいた。

それからしばらくして、職場で新人歓迎会があった。

二次会にまで参加したので、帰宅が終電になった。

何とか最寄り駅のホームに降り立ったが、まだアルコールで頭がうまく働いていない。

改札を抜け、駅前のコンビニで翌日の朝食を買った。そこからは徒歩圏なので、部屋に戻るのはすぐだ。

しかし、まだ戻りたくはなかった。

夜風が心地良かったこともある。

足が神社に向かった。今となっては理由を思い返すことができない。

神社の境内に入る気はなかったが、妙に気になったのだ。

神社の前の道は、最近ＬＥＤの街灯が取り付けられて眩しいほどだった。きっと事件の影響だろう。最近訪れていなかったが、様子は以前と変わっていないようだ。

石造りの鳥居が見えた。

——ぐるりと町内を回って帰ろう。


その時、鳥居の脇に黒い人影が立っているのが見えた。

不審者か。

全身黒づくめで、顔も見えない。しかし、そこには街灯の光が真正面から当たっている場所ではないか。

その影が、ぬるりと歩道に足を踏み出した。

黒い。影そのものとしか思えない。手には長い棒を持っている。

それが、こちらに向かって追いかけてくる。

妙にゆっくりとした動き。スローモーションのようだ。

慌ててその場を離れ、追われていないことを何度も確認しながら帰宅した。

それ以降神社には近付いていない。

ただ、帰宅が遅くなった時に、誰かが物陰からこちらを窺っているのを感じる。

それは真っ黒で、顔がなく、長い棒を持っている。

いつ襲われるかと思うと、この地を離れた方がいいのではないか。今ではそう考えている。

シェフのおすすめ

小海さんは、現在契約しているワンルームマンションに住み始めて二十年以上になるという。

三十代の頃に引っ越して、もう今では五十代だ。

もしかしたら、死ぬまでこの部屋に住み続けるのだろうかと思うこともある。実際に仕事でも大きな変化はないし、この歳でこの稼ぎでは、結婚して出ていく見込みも潰えただろう。

そうなると、一生このワンルームマンションに住み続ける可能性は高い。

ありがたいことに、大家さんは家賃の値上げもしないし、エアコンや水回りの調子が悪い時にも、すぐに対処してくれた。

優良な物件なので、引っ越すことにメリットもあまり感じない。

そもそも引っ越しなど、疲労が背中にべったり張り付いている孤独な独身中年男性にとっては、億劫で仕方がないことなのだ。

「ポタージュスープができたので、どうですか。食べませんか」

ある夜、部屋に戻ってくると、男性がキッチンに立っていた。

キッチンといっても、廊下に毛の生えたようなもので、ここ何年も自炊などしていない。家で最も使われている調理器具は電子レンジだ。

「大沢さん、何で俺の部屋にいるんですか」

電気コンロに鍋をかけているのは、二つ隣の大沢さんだった。

見ず知らずの不審者ではなかったので、小海さんはほっとした。

ほっとしてすぐに、それは間違いだと気づいた。目の前にいるのは、見知った不審者そのものではないか。

――朝、仕事に行くのに鍵を掛け忘れたか？

一体なぜ、大沢さんがこの場にいるのか。

仕事終わりで、疲労を詰め込んだ体では、頭の回転がおぼつかない。

大沢さんと知り合ったのは、マンションから徒歩三十秒、通りを渡ったところにある居酒屋だ。

そこのマンションに住んでいるんですよと伝えると、彼も同じマンションの住人だったのだ。彼はにこやかに、自分の住んでいる間取りと同じ間取りのワンルームに、老母と一緒に暮らしているのだと打ち明けてくれた。

だが酒が進むに従って、昔は大きな家に住んでいたが、事業を失敗して、家も車も家財道具も全て売り払い、老母の年金を頼りに暮らしていると、自嘲するように強い酒を呷《あお》った。

その時喉を通り過ぎていった酒が、妙に冷たかったことを覚えている。

「大沢さん、大丈夫ですか？」

やけにぼんやりとしている大沢さんを気遣って声を掛ける。

「ポタージュスープができたので、どうですか。食べませんか」

彼は同じ言葉を繰り返した。

「いえ。あの。大丈夫ですか？」

再度声を掛けると、彼はテレビのスイッチを切るかのように、一瞬で姿を消した。

同時にコンロの上に置かれた鍋も消えてしまった。

瞬きもしていない。刹那のことである。

確かにいたはずの大沢さんが、一瞬で消えてしまった。

体に入っていた力が抜けたからなのか、肩に掛けていたショルダーバッグがずり落ちて、床に激突した。

中にはノートPCが入っていることに気づき、慌てて床から取り上げた。

翌日の帰宅時にも、大沢さんはキッチンに現れた。

「ポタージュスープができたので、どうですか。食べませんか」

ぼうっとした顔でそう言うので、大沢さんは鍋を覗き込んだ。

何か白と黒の斑《まだ》らになった繊維質のものが見えた。

何かを煮込んだものだということは理解できたが、食欲の湧く見た目ではなかった。

「あ、いいです。それより大沢さん、どうして——」

なぜこの場にいるのかを問いただそうと声を掛けた瞬間に、彼は再び消えてしまった。

自分の頭がおかしくなってしまったのか。

だが、幻覚にしても彼の姿には妙な実在感があり、それがやけに気持ち悪かった。

住み始めて二十年余、小海さんは初めて引っ越しを考えた。

大沢さんが現れたのは、その二日間だけだった。

ほっとした。

あれが何だったのかは、全くわからないが、平穏な日々が戻ってきたことを歓迎した。

だが、その週末に小海さんが寝ていると、マンションの外廊下がやけに騒がしくて、起きてしまった。

起きてしまったからには仕方がない。一階のテナントに入っているコンビニまで、朝飯兼昼飯でも買いに出かけようと、つっかけを履いて玄関を出た。

するとマンションの管理人と、警察官の姿が目に入った。大沢さんの部屋の前だ。

コンビニに行くには、そのドアの前を通過して、エレベーターに乗らねばならない。

近づきながら管理人に尋ねる。

「大沢さん――、どうされたんですか？」

ただ、その直後に、これは厭なことが起きているんだ、という直感が働いた。

こういう厭な感覚は、必ず当たるんだよな――。

小海さんは答えてよいものか迷っている管理人からの答えを待たずに顔をドアから背けた。

直感は大当たりだった。

その時たまたま風向きが変わり、開かれたドアの内側から流れ出た異臭が、小海さんの体に絡みついた。

嗅いだことのない悪臭が鼻の奥を殴る。

彼は管理人の返事を聞かずに、小走りでエレベータに走った。

待機していたエレベータのゴンドラの中でえづいた。本当は吐きたかったが、流石《さすが》にエレベータの中を汚すわけにはいかない。

コンビニに行く予定を変更し、少し離れた公園まで歩いた。そこのトイレで吐いたが、胃の中に何も入っていなかったので、出たものは胃液だけだった。

その日はもうマンションに戻れなかった。

——亡くなったのは、お母さんの方だろうか。それとも大沢さんの方だろうか。

うちの部屋に出るようになったのは、大沢さんが亡くなったからだろうか。

確定的なことは何一つわからないが、あの部屋で誰かが亡くなったのは確かだろう。

パチンコ屋とファミレスで時間を潰し、戻ったのは夕方だった。

マンションの廊下は何事もなかったかのように静かだった。

自室のドアを開けようとした瞬間に、全身の毛が逆立つ感覚があった。

もしも、今部屋に入った時に、また大沢さんがキッチンに立っていたら——。

ダメだ。それ以上考えるな。もしそれを考えたら、二度と部屋に戻れなくなるぞ。

鍵握った手を、ポケットから出せないまま時間がじりじりと過ぎていく。

その時、自分のすぐ横に何者かの気配がした。

振り向くと、大沢さんが、鍋を抱えていた。

「ポタージュスープができたので、どうですか。食べませんか」

その鍋の中には、明らかにどろどろに溶けた人間の頭部が入っていた。

大沢さんはその場から駆け出した。


「帰れないよ。帰れない。もう帰れない。怖いもん。会社に泊まり込んだり、漫画喫茶で寝泊まりしたりしてね、家賃払ってるのにホームレス生活でさ。一ヶ月ぐらい頑張ったんだけど、体壊しそうだったから、マンションに帰ったよ。まぁ、今は色々諦めて暮らしてるけどさ――」

小海さんは引っ越そうかどうしようか真剣に考えている。だが、予算との折り合いがつかないらしい。

大沢さんは、まだ出る。

櫻の樹の下

南さんという造園業の方から伺った話である。

とある大きな神社では、参道の木の伐採をする際には、必ず神職が同席してお祓《はら》いをするという。たとえ数本枝を剪《き》る際にも同様にお祓いをする。

何かいわれがあるのだろうが、正直なところ職人側としてはよくわからない。

「やっぱりそれは、参道が神様の通り道だからですか？」

そう問うと、南さんはのんびりとした口調で答えた。

「どうなんですかね。樹々がそもそも神様の物だからじゃないですかね。あたしにはよくわかりませんけれども。それに参道ですから、刃物なんか扱うのは、やっぱり問題があるそうですよ」

その神社へ向かう参道は幅もあり、バスや大型トラックも通る。枝がトラックの荷台に引っかかれば、荷台を傷つけるし、枝が折れると木自体が駄目になることもある。

そのような理由で神社側で適度に枝を払うことにしている。その際にも神職が立ち会うらしい。

流石にその場で祝詞《のりと》を紡ぐことはないが、作業の間見守り続ける。聞けば剪った枝はまとめて境内で焼くそうで、それも別の業者が運ぶという。これも神木になるのだろうかと、南さんは思ったという。

「その時は松でしたけど、桜だったらお断りさせていただきましたね――」

南さんは桜には手を出さないのだそうだ。仕事でも桜がらみのものは断る。

「でも、神社に桜はよく植わってますよね。この通りでも何箇所かありますけど――」

そう尋ねると、彼は頷いて話を続けた。

「桜はねぇ、昔は縁起が悪いからと植えてなかったところも多いんだそうですよ。ほら、花の終わりには、特徴的な言葉があるものもあるじゃないですか。ええと、牡丹《ぼたん》は崩れる、椿《つばき》は落ちる。梅は溢《こぼ》れる。そして桜は散る。この散るのが良くないというのがあるんでしょうねぇ。昔は桜があると家が栄えないって言ったもんで。そんな理由で植えてなかったそうですよ。でも、ソメイヨシノはねぇ。あの見た目の良さであちこちで人気になりました。勿論神社でも植えてますよ。でもね、あたしにはあんまり縁起が良いものには思えなくってねぇ――」

南さんがこのように桜を忌《い》むのには理由がある。

彼が以前所属していた造園会社で、ある小さな神社の社《やしろ》のすぐ脇に植わっている桜の伐採を担当したことがあった。時期は夏。その春に花見客が枝を折ったのを放置した結果、木全体が駄目になってしまったらしい。

小さな神社に似合わないほど立派な桜の古木は、地域で名所のようになっていたという。もう少し早く気づけば対処出来たかもしれないが、残念ながら後の祭りである。

見積もりを取りに現地に向かうと、担当の神職が南さんに説明してくれた。

「本社としても伐《き》りたくはないのですけれど、万が一このまま放置して桜の木が倒れてしまったら、怪我人が出るかもしれませんし、何より社が危ないかもしれませんから。どうぞよろしくお願いいたします」

確かに古い社は桜の木が寄りかかれば、あっさり倒壊しかねない。

担当の者が当日も付き添いをするので、そのタイミングで作業に取り掛かって欲しいという話になった。

「――社の側の桜ってこれしかないですよね」

伐採の当日、職人三人は予定よりも早く神社に着いた。

担当の神職が到着するよりも前に、伐採対象の桜を見つけて状況を把握していく。

「枝も折れてるし、これだろうな」

職人達は基本的に少しでも早く作業を終わらせたいものだ。

トラックからテキパキと作業道具を桜の木の側に運び込む。

「もう約束の時間過ぎてるけど、まだ来ないんかね」

年上の職人がぼやいた。

その直後に南さんの携帯電話に着信があった。道が渋滞しているので、三十分ほど遅れるとのことだった。先に始めて良いかと尋ねたが、運転の最中らしく、返事は返ってこなかった。

もう少し待たされるようだと伝えると、若い職人が不服そうな顔をした。

「枝を先に払っちゃいます？」

「いや、植替えじゃなくて伐採だからな。今は枝はやめておくべぇ」

切り倒してからの方が楽ということもある。怪我をする可能性を減らすのも重要だ。

「そんじゃ、とりあえず、周りだけでも掘り返しときます？」

たった一本の木に時間を掛けたくはない。

南さんと年上の職人の二人は、近くのコンビニで喫煙所でも借りようかと思っていたところだったが、この若い職人はタバコを吸わない。ますます手持ち無沙汰だったのだろう。

早く仕事を終えて帰りたい事情があるのかもしれない。

彼はブルーシートからスコップを拾い上げると、桜の木の周りの土をほじくり返し始めた。


「うわぁ、なんすかね……これ」

若い職人が掘り返した土の中から見つけたのは、ぐしゃぐしゃの大量の髪の毛。

「やめろよ、変なものを見つけてんじゃねえよ」

「桜の樹の下には死体が埋まってるって話を思い出しちまったよ」

梶井《かじい》基次郎《もとじろう》か坂口安吾《さかぐちあんご》か。

彼らはそれが小説であることを知らない。

どこかで刷り込まれた言葉と、そこから連想されるイメージに翻弄される。

「それじゃ死体が埋まってるってことか？」

「気持ち悪い話じゃないですか」

「事件とかごめんだぞ」

「神社で樹木葬をしたってことですよね――」

「いやいや馬鹿なこと言うなよ。死体は葬式の後で焼くんだから、髪の毛なんて残るはずないじゃねえか」

南さんが怯える職人の言葉を否定していく。

確かに気持ちが悪いのは気持ちが悪い。だがそれをいちいち気にしていたら、仕事が進まないのだ。

三人は、土を抱いたようになっている髪の毛を視界の片隅に入れながら、作業の手を止めた。

「この髪が事件だったとしても、責任者の神職さんを待たなきゃ始まらんだろ」

そもそも仕事を開始するのは担当者が来てからという話だったのだ。先走った若い奴が悪い。だが、約束の時間からは既に一時間以上が経過している。

「ああ、もう、もういい加減伐りましょうよ。待ってるのは無駄ですよ。事後承諾でいいじゃないですか。早く済ませて終わりにしちゃいましょうよ」

若い職人がイライラしているのがわかる。

「勝手に掘って、死体でも出てきたら困るだろうがよう」

そんなことはありえない。もし殺人犯がいたとして、死体を埋めることができるほど深く掘り返したなら、神社の関係者も、参詣する者も気が付くはずだからだ。

「ならただ待ってりゃいいってことですか」

食いついてきた若い職人を諌《いさ》めていると、神職が到着した。

どうも事故渋滞がひどかったらしい。


足元の髪の毛の塊《かたまり》を見せながら状況を説明すると、神職からは、まず状況を知りたいので、掘り返して欲しいと伝えられた。

念の為に、過去に樹の周囲を掘り返したような話を聞いたことがあるかと確認を取ったが、おかしなことがあったという報告は聞いていないとのことだった。

南さんがスコップを取って、周辺を掘り返していく。

危惧した死体は出てこなかったが、ぐしゃぐしゃに絡んだ髪の塊が、土の中から幾つも掘り出された。どれも土を抱き抱えるように一体化しており、掘り出すのも面倒だ。

直接手で触れたくもない。

「一体なんですかね、これ」

「少しよろしくない感じがしますね。後でこちらでお祓いをしますので、作業を続けてください」

そう言われて、掘り返すのは後に回すことにした。

幹を伐り倒すために、チェーンソーを回す。

切れ込みを入れていくうちに、ぎがガっと歯の引っかかる音がした。

チェーンソーを引くと、髪の毛が刃に挟まっていた。

「幹にも髪の毛が食い込んでますね」

「これが枯れた原因かもしれませんね」

神職は首を傾げたが、とりあえず作業は続けるようにと促してくる。

気持ちが悪い。桜の根や幹に髪の毛が絡んでいるのも嫌なら、この神職の対応も不自然ではないか。

疑心暗鬼になれば、ますます気持ちが悪くなる。

だが、仕事は仕事だ。

幹を切り倒して確認をする。だが木の幹には先ほど絡んだもの以外に、髪の毛の痕跡はなかった。続けて根も掘り返したが、髪の毛の塊はそれ以上は見つからなかった。

太い枝をチェーンソーで伐り、一定の長さにしていく。

作業が全て終わった後で、桜は祝詞を上げられた。

最終的に桜はトラックに積まれて、産廃処理施設に持ち込まれた。

これで仕事は終わりである。少し時間は押したが、ペイも良かったので、最初はぷりぷりしていた若い職人も納得したようだった。

翌朝、神社から電話が掛かってきたと、南さんは事務方から連絡を受けた。

「すぐに来てほしいって。昨日作業した四人でお願いしますって」

「いや、昨日はあたし含めて三人だったけど。一体どうしました」

その時点で嫌な予感がした。南さん以外の二人は、県内の離れた現場に出かけてしまっている。南さんもこれから仕事だ。

「今日は職人が他の現場に出払ってしまっているから、日を変えることはできないかって伝えておいて」

「帰ってきてからでもいいから、あの神社の管理をしている神社の社務所へ来てくれだそうです」

昨日作業した神社は、兼務神社だったようだ。

神職が常在する神社は本務神社と呼び、普段は神職のいない神社は兼務神社と呼ぶ。その程度の知識は南さんにもある。

今回はあの神社を担当している本務神社に呼び出されたということである。

こんなことは初めてだった。

考えてみれば、昨日の神職も、どこか人ごとのような振る舞いだった。時間外労働になるが、わざわざ本務神社の方から呼ばれるほどなのだ。行かないという選択肢はない。

職人は験《げん》を担ぐものだ。日程を決めて、三人揃って行けば良いだろう。そう返事をするように事務に伝え、南さんも仕事へと向かった。

午後に仕事から戻ると、事務所には重苦しい空気があった。

そして昨日とは違う神職が焦ったように駆け寄ってきた。事務所には地鎮祭の打ち合わせなどで神職が立ち寄ることもあるが、今回はそういう訳ではなさそうだった。

「良かった、ご無事で」

「はい？」

心当たりがない。

「何度電話しても通じないですし、貴方まで何かあったのではないかと」

ポケットから携帯を取り出すと、電源が切れていた。長い髪の毛がぐるぐるに絡みついていた。

こりゃ気持ち悪いなと呟いて、携帯を机に放る。

「あの、何てお呼びしたら。宮司さん、神職さん、神主さん？　どうしてこちらに？」

「ああ、神職の高橋といいます。少しでも早くと思いまして」

どうにも昨夜から嫌な感じがあったのだという。

神主が夜中に神職の元にやってきて、桜の木を切った業者を呼べと言った。

「うちの神主はそれなりに勘の鋭い方で、昨日担当していた鈴木が、髪の話をし始めたところ、それは軽く見てはいけないと言い出しまして。恨みを持つものが埋めたのではないかとの話でして。伐った貴方がたになにかあってはとのことで、朝、電話を差し上げたのですが、お仕事に向かわれてしまったという話を聞きまして」

「ああ、そうでしたか。ご丁寧にありがとうございます。ところで昨日の担当の神職の方は――？」

「鈴木は、高熱で寝込んでおります」

ぞっとした。どうやら酷いことに巻き込まれたらしい。

「早速貴方をお祓いしてから、病院にも向かいますね」

「――え？」

事務方がそこで事情を説明してくれた。

遠方に仕事に出ていた二人の職人は、帰りに車のもらい事故で入院したという。

だから事務所がお通夜状態だったのか。

南さんは納得した。

「四人いらっしゃったというのも、鈴木の勘違いだったようです。まことに申し訳ありません」

その後、南さんは念入りにお祓いを受けた。

神職はスーツに着替えてから病院へ向かった。


「――後で聞かせてもらった話なんだけどね。二人の乗ってた車の事故だけど、アクセルとブレーキの両方のペダルに髪の毛の塊が挟まってて、踏み込めなかったらしいんだよ。あとうちの造園で、桜が咲かなくなったのもありましてね。ああ、こりゃ桜は金輪際ダメだと」

南さんは桜がらみの仕事は受けないようにしている。周囲の職人も事情を知っている人はなるべく仕事を受けないようにしているという。

祖母の振袖

俊子さんの本家の祖母は、自宅で亡くなった。朝になったら冷たくなっており、苦しんだ様子もなかったという。

享年九十五歳。大往生だ。

ただ、前夜までパジャマを身につけていたはずの彼女は、亡くなった朝に、家族の誰も見たことのない、若い人が成人式で着るような派手な振袖を身につけていた。

祖母の子供は十人兄弟で、俊子さんの父親が末子だ。

本家は長男が継いでいるが、本家を継いだ長男夫婦は既に他界しており、今はその息子の太一さんが本家を切り盛りしている。太一さんは俊子さんの従兄《いとこ》にあたるが、従兄といってもだいぶ年上で、祖母の末っ子である俊子さんの父親と年齢が近い。

このもう亡くなっている長男と、俊子さんのお父さんの間に、女が八人おり、皆嫁に出ている。

この姉達の仲は良いらしい。

本家のある地元は親族ばかりだと聞いている。
分家はもちろん、祖母の従兄弟だのその子供だの、葬儀の手伝いには手が足りていると
のことで、俊子さん自身は葬儀の手伝いに駆り出されることはなかった。
通夜振る舞いの食事も伯母達が全て作るとのことだった。
ただ、祖母が亡くなった際に身につけていた振袖は、その多数いる親族や関係者の誰一
人として見たことがなかった。贅を尽くしたものだったが、生地を見ると、それなりに時
代がかって見える。伯母の一人が言うには、今仕立てるとすると、多分数百万は掛かるだ
ろうとの見立てだった。
処遇に迷った祖母の子供たちは、納棺の前にその着物をどうするか、額を合わせて相談
した。
話し合いの結果、結局本家の現当主である、太一さんが受け継いで、その後で処分する
なり子孫に残すなりするのが良かろうという判断が下された。
下手に自分の家で着物を引き取ると言い出せば、遺産相続で揉めるだろうという事情も
透けて見えたが、それよりも祖母は本家でずっと暮らしていたし、病で倒れてからの介護
を担当していたのは太一さんの妻だった。そのような事情も勘案されたのだろう。
葬儀は全て、本家で執り行われた。時代がかった葬儀で、建物の周りは白黒の布で作ら

れた鯨幕《くじらまく》が張り巡らされた。

お通夜には多くの親族と、ごく少数の祖母の友人が焼香に訪れた。

もう年齢も年齢だ。祖母の友人も皆、歩くことすらおぼつかないような状態だった。

それでも葬儀に来てくれる友人がいるのはありがたいことだ。

高齢者の葬儀は、寂しいものになりがちだからだ。


翌朝のことだ。葬儀と告別式も自宅で行う。出棺は火葬場の都合で昼過ぎになる。

俊子さんは父親に誘われて朝食を食べに出た。

本家では通夜振る舞いに続いて伯母達が朝食を準備してくれていたが、祖母の末子である父は、居心地が悪かったのだろう。祖母の実子のうち、生存している男性は父だけで、あとは嫁に出ているとはいえ全員が姉だ。

すると、太一さんもついてきた。きっと彼も気づまりだったのだろう。

「――昨晩はお疲れ様でした」

適当に入ったチェーンのコーヒーショップで太一さんが切り出した。

お通夜の夜は遺族が夜通し故人を見守る。所謂《いわゆる》寝ずの番のことだろう。

俊子さんの父親と俊子さんは、日付が変わるまでが担当だった。年寄りが多いということで、数人ずつで時間を決めて当番を担当したのだ。

「明け方に、不思議なことがあったんですよ」

彼はサンドイッチを齧《かじ》りながら、今朝の体験を話してくれた。

太一さんの寝ずの番の受け持ちは、明け方だった。

午前四時少し前。約束の時間よりも早く棺の置かれた仏間に赴き、担当していた伯母たちと交代した。

逆さまに吊るされた渦型線香も、七分目ほどは灰になっている。

故人は冥土《めいど》までの道を、線香の煙のみを食べて過ごすという。

伯母達は小声で「がんばってね」と告げて仏間から出ていった。

隣に白木でできた棺桶。

一人だけで寝ずの番を担当することになったが、何か理由があったのだろうか。

よくわからない。ただ、仕事の関係で早く起きるのには慣れているし、頭もすっきりしている。

その時、仏間のどこからか、カコカコと何かが鳴り始めた。

虫の音ではない。二重になった箱を振って木片と木片とがぶつかり合うような音だった。

決して大きな音ではない。だが、意識すると気になって仕方がない。

――お通夜の夜には、不思議なことが起きるらしい。

会社の先輩もそんなことを言っていた。この音もその類《たぐい》のものかもしれない。

太一さんは立ち上がって耳を澄まし、音の源を探し始めた。

それはすぐに見つかった。部屋の隅に置いておいた、例の振袖を入れた桐の衣装箱が音を立てている。

何かが共鳴しているのだろうかと思い、横の棚に置かれていたガラスの大ぶりな灰皿を乗せてみた。

だが、カコカコという音は止まない。

何か妙なことが起きているのは確かだが、別段そこまで気にするものでもあるまい。そう太一さんは判断した。灰皿も元に戻しておく。

会社の先輩は、故人の幽霊がおぶさってきたと言っていた。それに比べたらどうということはない――。

畳の上に置かれた衣装箱は、やけに薄っぺらく見える。

桐箱本体には桐の蓋が被せられている。中身は先日祖母が纏って亡くなっていた振袖だ。

カコカコ。

その音が箱本体と蓋がぶつかり合う音なのだと太一さんは気がついた。

カコカコ。カコカコ。

音はしばらく続いていたが、気づくと止んでいた。

音が止んでいるなと気付いた太一さんが衣装箱に視線を送ると、その蓋が持ち上がっていた。斜めになった蓋と本体の隙間から指先が覗いている。

指――？

細い指だ。爪まではっきり見える。磨かれているのか、マニキュアを塗っているのか、爪がてらてらと蛍光灯の光を反射している。

立ち上がって衣装箱の方に近づいていくと、その指先が引っ込んだ。

恐る恐る蓋を持ち上げると、錦糸銀糸で彩られた振袖だけが収まっている。

指などある訳がない。

祖母の通夜ということで、精神が普段と異なる状態になっているのだろう。

幻覚のようなものを見たのだ。

そう自分を説得して蓋を閉めた。閉めると少しして、また蓋がゆっくりと持ち上がった。

今回は立ち上がらずに、視線の端で捉え続ける。

先ほどの指の記憶が幻ではなかったということに驚きを禁じ得ない。

箱の蓋をずらして、そろりと出てきた手には、小指がなかった。

息を殺して見守っていると、指先はカリカリと畳を掻いた。

その音が聞こえない振りをして、祖母の棺桶の方に視線を向けていると、カリカリという音も止んだ。止んだことを確認して振り返ると、衣装箱にはきちんと蓋がされていた。


父親はそれをじっと聞いていた。

「気持ちが悪い話だな。あの振袖、死んだお袋が気にしてるんだろうから、やっぱり一緒に焼いちゃった方がいいよ。もう太一くんのところに行くって決まってるんだしさ、別に誰も何も言わないと思うよ」

太一さんはその言葉に、「そうですね」と頷いた。

朝食を終えて戻ると、葬式の場で伯母達がざわついていた。全員が喪服を着ている中で、祖母の長女が、その振袖を着て棺の横に座ってしまったという。

無論彼女も還暦をとうに過ぎている。振袖を着るような年齢ではない。

父親と共に仏間に行くと、異様な光景が広がっていた。

祖母の棺桶の前に、振袖を纏っている一番上の伯母が正座している。

彼女は体格も良いので、小柄な祖母の振袖はサイズがまるで合わず、前をはだけていた。

ただ、それはまるで気にしていない様子だった。

彼女は俊子さんのことをじっと見つめると、ぱかぁと口を開いた。

「今日は私のためにありがとうございます」

深々と頭を下げた。

俊子さんの父親が、それを見て、太一さんに耳打ちをした。

「——太一くん、少し早いけど、菩提寺に連絡入れて、今すぐ住職に来てもらってくれ」

出棺は昼過ぎになると伝えていたが、予定を変更して、早めに住職を迎え、お経を上げてもらった。すると、一番上の伯母もあっさりと正気に返った。

彼女はすぐに喪服に着替えた。

振袖は、全会一致で祖母と一緒に焼くことになった。


葬儀の後の様々な手続きも終え、四十九日の法要も無事に済んだ。

ただ、それから数日経って、急に俊子さんの家に連絡が入った。ちょうど両親が出かけていたので、電話を受けたのは俊子さんだった。

それは一番上の伯母が亡くなったという知らせだった。

俊子さんは参加しなかったので直接は会っていないが、つい先日の法要の場でも元気だったと聞いている。

父親にすぐに電話を入れて、折り返すように伝えた。すると、彼は電話口で「やっぱりか」と言って電話を切った。

「——やっぱりって、何なのよ」

やはり先ほどの電話でのやりとりが気になったのだろう。帰宅した父親を、俊子さんの母親が問い詰めた。すると、先日の四十九日の法要の際に、その伯母の家族から、祖母の霊が家に出るのだと打ち明けられたという。

一度ではない。祖母の姿は、両の手で数えるほどの回数目撃されていた。

更には伯母が祖母と会話している姿も目撃されている。ただ、伯母本人には自覚はないという話だった。

「それで、義姉《ねえ》さんの死因は——」

「眞子ちゃんの振袖を着て首を括ったらしい」

眞子とは、伯母の娘、つまり俊子さんの年上の従姉に当たる。

伯母は彼女が成人式の時に着て以降、一度も袖を通していない振袖を纏《まと》って、マンションの風呂場で首を吊った。

他の家族が家を留守にしていた隙のことだった。

そこまで語ると、俊子さんは一旦話を区切った。

「――それから二年で、三人の伯母が振袖姿で自殺してるんです。まだ続くのかはわかりません。私のところまで来るのかもわかりません。祖母はすごく優しい人だったのに、なんでそんなことになっているのか、全くわからないんです」

★読者アンケートのお願い

本書のご感想をお寄せください。
アンケートをお寄せいただきました方から抽選で
5名様に図書カードを差し上げます。
（締切：2025年2月28日まで）

応募フォームはこちら

怪談七変幻

2025年2月5日　初版第1刷発行

著者… 黒史郎、蛙坂須美、雨宮淳司、神沼三平太、クダマツヒロシ、丸山政也、鷲羽大介
デザイン・DTP ……………………………………………… 延澤武
企画・編集 ……………………………………………… Studio DARA

発行所……………………………………………… 株式会社 竹書房
〒102-0075　東京都千代田区三番町８－１　三番町東急ビル６F
email：info@takeshobo.co.jp
https：//www.takeshobo.co.jp
印刷所……………………………………………… 中央精版印刷株式会社